다시, 별 헤는 밤

다시,
별
헤
는
밤

소강석 시집

샘터

시인이 아니라도 대한민국 국민이라면 윤동주를 모르는 사람이 누가 있겠는가. 윤동주는 어두운 시대에 태어나서 불운하게 죽었던 대한민국 사람의 모형이자, 그림자라 할 것이다. 그래서 윤동주를 생각하면 누구나 애처로운 마음이 든다. 그의 시를 읽으면 더 처연하다.

그런데 윤동주 탄생 100주년을 맞으면서 나는 시인으로서 부담감이 생겼다. 윤동주에 관한 책을 구하는 대로 다 읽으며 연구하고 묵상했다. 용정도 여러 번을 갔지만 100주년을 앞두고 다시 가서 그의 삶과 시 세계의 체취를 느끼고자 했다. 그러면서 윤동주 평전시, 연작시를 쓰고 싶었다.

윤동주 평전은 여러 권 나왔지만, 평전시는 나온 적이 없다. 시를 쓰면서 많이 울었다. 내가 윤동주 안에 들어가기도 하고 그를 내 안에 끌어 들이기도 하면서 시적화자와 일치가 되어서 그가 쓰고 싶었지만 쓰지 못한 시들을 연상하며 쓴 것이다. 그는 시를 쓰고 싶어도 쓰지 못한 것이 많으리라.

연희전문학교에서 그는 시의 꽃을 피우고 저항의 향기를 발하게 되었다. 그런데 일본에 가서는 일본 경찰들의 감시를 받기 때문에 하고 싶은 말, 쓰고 싶은 시를 차마 쓰지 못했을 것이다.

처음에는 내 안에 윤동주를 끌어 들였지만 나중에는 내가 윤동주 안에 들어가서 심연의 우물가에서 시를 쓴 것이다. 비록 졸작이지만 윤동주 탄생 100주년을 맞아서 윤동주의 시의 제단에 불쏘시개라도 되고 싶은 마음뿐이다. 앞으로 윤동주의 시가 더 빛나고 향기 나기를 바라고, 윤동주를 사모하는 연작 시집들이 더 많이 나오기를 바란다. 이 시집을 윤동주의 영전에, 그리고 민족의 제단에 바친다.

2017년 1월
소강석(새에덴교회 담임목사, 시인)

|차 례|

I. 별의 시인이 태어나다

II. 다시, 별 헤는 밤

III. 시를 제물로 드리다

IV. 꽃잎과 바람의 연서

별의 시인이 태어나다

서시(序詩)

착한 한 마리 양이었기에

항상 님을 향한 순정이 있고

순백의 사랑을 고백했지요

낮에는 초장에서 풀을 뜯고

밤에는 별을 바라보며

잎새에 이는 바람에도 님의 음성을 느꼈어요

그러나 발정기가 시작되면

님의 품을 이탈하고 싶을 때가 있었습니다

어떤 밤에는 표범으로 변신하여

도심의 아파트 베란다를 오르내리며

본능적 사랑을 탐닉하기도 했지요

다시 해가 떠오르면 표범 가죽을 벗어버리고

순박한 양이 되었고요

성전으로 들어가

눈물로 참회록을 쓰며 결단합니다

하늘을 우러러 한 점 부끄럼 없는

삶을 살겠노라고 꼭 주어진 길을 가겠노라고

그랬던 내가 오늘 밤 몽유병에 걸려 또 표범이 되어

아파트 베란다를 다시 기어오를 것입니다

본능의 욕구대로 사랑을 피째 먹으려고요

그러나 다시 헛된 꿈에서 깨어나

표범의 망상에서 초장으로 돌아옵니다

그리고 부끄럽지만 시를 씁니다

오늘밤은 별들이 바람에 스치우며

풀잎의 미소로 나를 향해 웃고 있네요.

서시(序詩), 이후…

윤동주 이후

우리 모두는 가슴에 시 한 편 가졌다

아무리 시에 관심 없고

문학에 문외한인 사람일지라도

그가 사형수이든 수배자이든

대통령이든 국회의원이든

초호화 재벌이든 폐지를 줍는 노인이든

경찰이든 단속에 쫓기는 노점상이든

꽃처럼 피어나는 소녀이든

막다른 골목 유곽의 외로운 여인이든

콘크리트 숲 회사원이든

지하도에 신문지를 깔고 잠드는 노숙자이든

어머니의 손수건 같은 시 한 편 가졌다

우리의 지저분한 마음을

가혹한 상처를

씻을 수 없는 후회를

위로하고 닦아주는 시 한 편 가졌다

서시(序詩)는 지금도

모든 죽어가는 것들을 사랑하는

우리 가슴속 별이 되어

바람에 스치운다.

용정 가는 길

비행기도 창공에서 설레어한다
동주를 만나러 가는 시인을 태웠다고
자신도 용정으로 향한다고

아직은 용정으로 가는 길인데
동주의 생가에선
귀뚜라미가 환영하고 있고

대성중학교에선
선생님이 맞아줄 채비를 하며
그의 무덤에선 잡초들이 일어나고
풀벌레들이 위대한 합창을 한다

아직은 해질녘이 멀었는데
명동촌의 달맞이꽃들이 활짝 웃고

내 손에 들려 있는 동주의 책 표지

빛바랜 흑백사진도 환한 미소를 짓는다.

윤동주 생가에서

당신이 이곳에서 별을 보며

사색에 잠기던 때

나는 라디오에 심취해 있었습니다

잎새에 이는 바람 소리에도

시대의 소명을 감지하던 때

나는 바람개비를 날리며 뛰어다녔지요

작은 심장을 콩당거리며

시상에 잠겨 있을 때

나는 많은 청중 앞에 웅변을 하며

박수와 갈채를 받았어요

당신이 문예지를 만들고 있을 때

땅따먹기 놀이를 하고 있던 나

지금 죄인이 되어 찾아왔네요

이제라도 당신의 체취를 느끼고 싶고

순백의 얼과 동심의 혼을 만나러 왔는데

당신은 없고 영혼의 제단에 올려진

시들이 제물이 되어 화제(火祭)로만 타오르고 있어

제단 위에 타오르는 헌상의 시들을

차마 가져갈 수는 없고

타다 남은 잿가루를

한 움큼 가져가겠습니다.

별의 시인이 태어나다

구라파에서 세계대전이 일어나

별과 별들이 충돌하고 부서지며

폐허의 언덕 위로 사령(死靈)의 재를 뿌리고 있을 때

북간도의 자그만 명동촌

교원이었던 윤영석과 김용이라는 한 여인이

옥수수밭과 감자밭을 일구며

별들이 속삭이는 산동네에 불빛을 밝혔습니다

검은 밤을 비추는 달빛

가을비에 젖은 나뭇잎을 스쳐가는 바람

붉은 노을 진 십자가 종탑 위로

거룩한 바람이 불어와

흑암의 밤을 별빛 같은 시혼으로 밝힐

별의 시인이 태어났습니다

비록 총과 검을 들지는 않았지만
살육과 분노의 시대에 시의 제사장이 되고
유등(油燈)을 든 선지자가 되어 어둠에 저항하며
민족의 제단에 별을 제물로 바치게 되었으니

인생은 짧고 긴 것으로 재단하는 것이 아니며
시인의 이름에는 고(故) 자를 붙이지 않듯이
그는 여전히 우리 곁에 살아서
명동촌에서 별의 시인이 태어났듯
오늘도 별의 시인은 태어나고 또 태어나거니

아, 별의 시인이여
어딘가에서 또 태어나고 있을
별을 스치는 시심이여,
풀잎을 흔들며 우는 바람의 영혼이여.

명동 소학교에서

시인이 될 줄은 전혀 몰랐어요

선생님이 조금만 꾸짖어도

눈물이 핑 돌았고

여린 이야기를 들으면 잘 울었지요

그 울음이 '어린이'라는 월간 잡지를

탐독하게 하였고 그 잡지가

문학 소년이 되게 했지요

하늘은 항상 파랬습니다

태양은 늘 내 심장을 쏘아댔고

별들은 내게 웃음을 멈추지 않았습니다

행복했습니다

별 같은 영혼이 되고 싶었고

그 영혼을 불태우는 연습을 하고 싶었습니다

불타는 영혼을 눈물에 다시 담금질하여

더 시린 별이 되고 싶었습니다.

동주의 우물가에서

산모퉁이 외딴 우물 하나
하늘과 구름, 달과 별이 빛나는 우물 위로
잎새에 이는 바람이 스쳐 지나가고
난, 외로운 동주처럼
혼자 말없이 우물을 바라봅니다

그러다가 나도 괜히
동주처럼 내 자신이 미워져
우물에 돌멩이 하나 던져놓고 돌아가다
다시, 문득 우물 속 사내가 그리워집니다

우물 속 사내는
여전히 아무 말 없이 나를 바라보고 있습니다
사랑도 미움도
저항도 순종도

열정도 절망도 없이

그저 무표정한 얼굴로 나를 바라보는 우물 속 사내

돌을 던지면 사라졌다가

파문이 잔잔해지면 다시 나타나

나를 바라보는 그대

동주,

내 마음속 깊고 푸른 우물 하나.

명동촌의 봄

해란강의 얼음이 녹아내린 지는
이미 오래
야산에는 진달래가 수줍게 피어나고
개나리 개살구꽃 함박꽃 할미꽃도 겸연쩍게 피어나며
앞 강가 버들방천에는
버들강아지가 부끄럽게 피어나네

교회당 종소리가 새벽을 깨우고
새들이 정답게 아침을 알려줄 때
문을 열어 우뚝 솟은 선바위 삼형제 바위를 바라보면
어느새 그리움, 설렘
그 두 날개를 타고 훨훨 날아가고 싶어
시심을 절로 일으켜준다

꽃들이 시든다 해도

푸른 잎사귀들이 그 자리를 지켜주고

밤하늘의 별빛은 여름일수록 부서질 것이기에

명동촌의 봄은 아쉬움이 없다

봄부터 소쩍새가 울 때에

위대한 별의 시인이 태어나리니.

명동촌의 여름

명동촌에도 봄이 지나면 여름이 와
소쿠리 모양 동네에 있는 나무들이 녹음을 이룰 때
내 영혼도 녹색이 되었지
봄이 간다고 뻐꾸기가 울었을 때
내 마음 왠지 석연하지 않았지만
그 자리를 여름 매미가 대신할 때
나도 함께 울며 웃지요

밤엔 별들이 떨어진 듯 반딧불이가 들녘을 반짝였고
부서진 별 조각을 잡는다고
뛰놀았던 명동의 여름

매미야, 네가 그렇게 고상하게 노래하고 있지만
너의 원래 태생은 후미진 진토였으며
밤을 찬란하게 비추는 작은 별, 반딧불도

거름더미 속에서 나왔기에

나의 삶에 지울 수 없는 영욕과 어두운 그림자일지라도

나도 매미처럼, 반딧불처럼 노래하고 불을 밝히고 싶어

후쿠오카 감옥엔 죽음의 그림자가 드리우고

나의 몰골은 뼈와 살이 붙어 말라 죽어가지만

명동촌의 여름을 노래하던 매미 소리가

죽음의 레퀴엠을 봄의 소네트로 바꾸어준 것처럼

밤하늘을 날던 반딧불들이

내 마지막 야행의 외롭고 쓸쓸한 길을

소풍 가는 날처럼 밝혀주겠지요.

명동촌의 가을

어린 시절 가을이 오면
누군가가 잎새들마다 물감을 칠한 줄 알았어
그것은 구름 사이로 뻗은 조물주의 손이 그린 유려한
채색이었지
그 불타는 경이로운 산야를 바라보며
황홀한 가슴 두드릴 때가 한두 번이 아니었어
들녘에는 황금빛 오곡백과 물들고
낮에는 농부들의 흥겨운 풍년가 곡조
밤에는 그 밭들 사이로 별빛 스러지는 모습
어쩌면 그때가 가장 행복했었지

가을 잎새가 하나씩 하나씩 떨어질 때마다
낙엽 밟는 발자국 소리가
내 영혼의 푸른 바다에 깊은 사색의 닻을 내렸지
집 앞 살구나무 잎새가 바람에 떨어져 나갈 때면

오 헨리의 마지막 잎새를 생각하기도 했어

그런데 지금 후쿠오카 감옥에 있는 나무 잎새가 몇 개
남지 않았는데

아, 고향의 살구나무 잎새는 얼마나 남았을까

이름 모를 주사를 놓으러 오는 의사의 발자국 소리가

왜 몇 개 남지 않은 나뭇잎을 흔들어대는

소슬한 가을 바람소리처럼 들리는 것일까.

명동촌의 겨울

명동촌 산야에 겨울이 오면

하얀 소쿠리 동네 안으로 토끼들이 살금살금 다가오고

멧돼지들이 씩씩거리며 달려올 때

겁도 없는 아이들

나뭇가지 꺾어 들고 소리 지르며 뛰어갔지요

나도 토끼 잡고 싶어서

멧돼지 구경하고 싶어서

맨 앞에서 숨이 차도록 달리고 또 달렸어요

그러나 지금 나는 조롱에 갇힌 새가 되어

후쿠오카 감옥 창살 사이로 몰아치는

하얀 눈보라를 젖은 눈으로 보고 있어요

비록 내가 불새가 되어

현해탄을 날아 명동까지 간다 해도

토끼를 잡으러 뛰어갔던

나의 하얀 발자국은 남아 있을까요

내가 지우지 않아도

바람과 이슬과 안개가 아닐지라도

누군가가 지웠겠지요

그러나 하얀 설원에 찍었던 나의 발자국과 체취는

내 안에 고스란히 남아 있어

나는 오늘도 명동의 겨울로 가고 있다가

그리고 언젠가 저 하늘의 새가 되어

겨울을 넘어 더 멀고 기나긴 겨울로 날아가게 되면

나의 지친 날개

명동촌의 겨울산 어느 나뭇가지라도 좋으니

그 위에서 잠시만 쉬게 해주세요.

은진중학교에서

청운의 꿈을 안고 달려간 용정
은혜와 진리의 향기로 가득했던 교정
밤이면 시의 촛불을 들고 별 사이를 거닐고
낮엔 흙먼지 날리며 축구도 하고
땀 한 방울이라는 웅변과 첫 문예지

아, 소년 동주의 가슴을 깨웠던 꿈의 둥지
상처 입은 별들의 모항
용정의 어린 영혼들을 안아주었던 은진중학교

은진의 바람은 민족혼을 깨우고
십자가 사랑의 연서를
동주의 가슴에 손가락 글씨로 새겨주었기에
먼 훗날 별도 잠든 조국의 밤하늘
어둠이 내린 야산의 흙바닥 위에

그리운 이들의 이름을 썼다 흙으로 덮기도 하였으니

소년 동주의 발자국이 어딘가 남아 있을 것만 같아
교정 구석구석을 걸어봅니다
아, 어디선가 불쑥 그가 꽃 한 다발 들고 나타나
반갑게 웃으며 인사할 것만 같아
여기저기 찾아 헤매어봅니다

그러나 아무리 찾아도 동주는 없고
내가 또 다른 동주가 되고 싶은 마음 가득한데
동주에게 누가 되지 않을까
내가 천만 번 또 다른 동주가 되더라도
그의 이름만 생각해도 슬픈 용정의 하늘

그러나 동주여,

못다 핀 꽃 한 송이여

여전히 잠들지 못한 저 깊은 밤하늘

가슴에 별 하나 품고 손 흔드는

아련한 그리움이여.

일송정과 윤동주

저 멀리 보이는 일송정의 도저한 자태와 기상 앞에
바람도 발걸음을 멈춘 채 푸른 상념에 잠겼겠지요
비록 지금은 일송정 대신 정각이 서 있지만
일송정의 기상과 고고함의 자취는 사라지지 않고 있거니
조국의 들판을 빼앗긴 겨울의 나라에
해란강변을 말 달리던 선구자들이
일송정을 보며 위로와 용기를 얻었다고
일본군들이 총을 쏘고 나뭇구멍에 고춧가루를 넣어서
잔인하게 잠들어야만 했던 일송정이여
그대의 삶은 조국의 서러운 운명과 같지 않았던가

그러나 일송정이 잠들고
그 푸른 기상의 한 소나무는 자취를 감추었다 하더라도
다시 정각이 세워지고 그 잠든 소나무를 대신하여
또 한 그루의 소나무가 일송정의 자태로 자라고 있으니

이것 또한 다시 태어난 조국의 부활된 모습이 아니고
무엇이겠는가

소년 윤동주의 발자취와 혼과 얼이
바람 되고 구름 되고 강물 되어 흐르고 있는데
소나무가 총에 맞고 고춧가루에 고통당해 죽은 것처럼
동주도 이름 모를 주사를 맞다 죽어갔지만
정각이 지어지고 소나무가 다시 자란 것처럼
지금 동주의 시도 별이 되어 떠오르고
해란강의 푸른 강물 되어 흘러가고 있나니

이제는 자유롭게 숨을 쉬고 있는 나무들이여
그대들은 기억하고 있는가
조국독립의 푸른 꿈을 가슴에 안고 죽어갔던 일송정의
모습을

저 해란강변을 조국 독립의 깃발을 흔들며

말 달리던 선구자들의 모습을

소년 동주의 별을 향한 눈빛과 깨끗한 그 숨결을.

Ⅱ.

다시,

별 헤는 밤

동주의 거울

나에게 당신의 파란 녹이 낀 구리거울을 주세요
밤마다 손바닥으로 닦으며
눈물로 참회록을 썼다는
당신의 희미한 구리거울을 주세요

날마다 수많은 유리거울 앞에 서면서도
한 점 부끄러움도 없이 살아가는
그 숱한 말의 유희와 성찬을 즐기면서도
단 한 줄의 참회록도 쓰지 못하는
욕된 어느 왕조의 버려진 거울처럼

화인 맞은 양심이 무감각해져서
내 안에 흠과 티를 보지 못할 때
당신의 녹이 낀 구리거울을 주세요

밤이면 밤마다 나를 비추며

손바닥으로 닦고 닦아

유리처럼 맑은 영혼을 빚는

당신의 구리거울을 주세요

그 구리거울에서 나의 모습이 아닌

그대 얼굴이 보여지도록….

용정의 하늘

큰 별들이 사라져버렸나요

남은 별들도 빛이 바랬고

동주가 보던

그 별들을 보러 용정까지 왔는데

빛바랜 작은 별들만 밤하늘을 지키고 있네요

하늘은 가난하고

땅은 차갑고

작은 별들마저 숨으려 하는데

누군가 하는 말

큰 별이 아니래도 수줍어하지 마라

작아도 서로 함께 모여

서로 사랑을 속삭이며

밤하늘을 비추면 되느니

큰 별 되어 떨어지면

상처는 더 깊고 처연하리니

빛바랜 별들이 다시 모여

부서지는 빛을 비추어보라고

그러면 어느새 그 별들 중에

큰 빛을 비추는 별이 나타날 수도 있노라고.

별 헤는 밤

별을 헤어보고 싶어도

별이 보이지 않아

하늘도 어둡고 마음은 더 어두워져

먹구름 아래서 참회록을 씁니다

눈물로 마음을 씻고

다시 하늘을 바라보나니

문득 마음의 별들 속에

교복을 입고 미소 짓고 나타난

낯익은 그대 얼굴

동주.

다시, 별 헤는 밤

- 윤동주 탄생 100주년을 기념하고 추모하며

동주여,

님이 사랑과 추억과 그리움과 동경으로 헤아리던

별 헤는 밤은 이젠 없습니다

다 헤아릴 수 있다 해도

또 우리의 청춘이 다하지도 않았지만

저 먼 밤하늘에 남겨두었던

그 수많은 별들의 이름도 이젠 부를 수 없습니다

도시의 밤거리를 비추는 휘황찬란한 네온사인

도로 위의 가로등

더 이상 이 도시에는 별 헤는 밤이 오지 않을 듯합니다

산언덕 어딘가에 썼다가 흙으로 다시 덮어 지우고 싶은

그리운 이름들도 사라졌습니다

그러나 동주여,

님의 별 헤는 밤의 시가

이 도시 어딘가

잠 못 드는 이의 낮은 숨결로 낭송되고

외롭고 쓸쓸한 자의 가슴에서

밤새 헤아리고 싶은 밤하늘 별로 빛나고 있다면

우리의 밤은 어두운 암흑으로 갇히지 않고

다시, 별 헤는 밤이 되어

별 하나에 추억과 사랑과 쓸쓸함과 동경과

시와 어머니의 이름을 부르겠지요

사라진 별들

부를 수 없는 별들

영영 떠나버린 어머니의 이름

그러나 우리의 가슴속에 떠오른 푸른 별

따뜻한 어머니의 이름이여

그래서 다시 영원히 지지 않을 별 헤는 밤이여.

시를 쓴다는 것은

- 〈윤동주, 달을 쏘다〉를 보고

나도 부끄러운 마음으로 시를 쓴다

누가 내 시를 읽어나 줄지

노래해줄 사람이 한 사람이라도 있을지

그래도 나는 시를 쓴다

몇 번이나 고치고 고쳐봐도

부끄럽기만 한 시

그래도 부끄러운 시를 쓴다

시는 나에게 무엇인가

부끄러움, 고통, 눈물, 잔인한 사명

그리고 가시 찔린 사랑…

그래서 시를 쓴다는 것은

때론 청춘의 입술이 입맞춤하고

꽃잎과 꽃잎이 마주하며 별들로 사랑을 속삭이게 하는 것

고뇌하면서 어두운 밤을 밝히고

부끄럽지만 시대를 깨우는 것

언젠가는 그 고뇌와 부끄러움이 생명으로 부활하고

찬란한 부활의 언덕에서

시의 애가(愛歌)가 산야에 아리아로 울려 퍼지리니

아, 고뇌여 부끄러움이여 생명과 사랑이여

그러기에 낮에는 해바라기가 되고

밤엔 달맞이꽃이 되어

끊임없이 태양의 찬란한 연가(戀歌)를 쓰고

별들과 함께 황홀한 월광곡(月光曲)을 노래하리라.

연희전문학교에서 1

아버지,

당신은 불초한 아들이 의사가 되어

이 험난한 세상의 파고를 안전하게 항해하기를 바라셨
지요

시대정신과 이념, 사상과 예술의 불꽃을 멀리하고

아내와 자식들을 흐뭇하게 지켜주는

한 사내가 되기를 원하셨지요

그러나 이 못난 아들은

여전히 용정에서 따라온 부끄러움의 그림자를 벗어날
수 없어

폐허가 된 문학의 헛간에 남루한 삶의 봇짐을 풀어놓고

아버지의 애절한 눈빛을 끝내 외면하였네요

아무리 그 어둔 그림자를 향하여 꾸짖고 따라오지 말라

고 조소해도

　자그만 가슴 지울 수 없는 부끄러움 때문에

　연희전문의 빈 교실, 창밖으로 우수수 떨어지는 나뭇잎
들을 보며

　저는 하늘과 바람과 별과 시의 이야기를 듣고 있었어요

　아버지,

　하얀 가운을 입고 의학서적을 넘기는 아들이 되지 못하고

　여전히 문학의 화롯가에서 추운 몸 녹이는

　어설픈 시인이 된 아들을 용서해주세요

　비록 흔들리는 불꽃 아래서

　혼자 시를 쓰고 또 지우고 쓰고 또 지우는

　아무짝에도 쓸모없는 힘없고 외로운 시인일지라도

　언젠가 이 고독하고 쓸쓸한 한 줄의 시가

상처 입은 누군가의 가슴에서 읽히고 또 읽힌다면

저는 청춘의 하얀 백지 위에 쓰고 또 쓰겠어요

비록 조그만 방 한 칸, 호롱불을 밝히는 삶일지라도

그것이 영혼의 둥지가 되고 삶의 행복이 된다고 믿고
있습니다

아버지,

연희전문의 고요한 풍경과 바람과 구름과 별을

송두리째 드리고 싶어요

애당초 아버지가 그것들을 제 가슴에 넣어주셨잖아요.

연희전문학교에서 2

별은 혼자 빛날 수 없으므로

또 다른 별이 빛을 비추어준다고 하지요

나를 비추어주었던 별, 정병욱

모든 사람들 만류하였지만

끝끝내 나의 시를 마루 밑 항아리에 숨겨서

툇마루 너머 별로 떠오르게 하였지요

나의 또 다른 영혼, 강처중

경향신문 기자로서 자신의 목을 걸고

《하늘과 바람과 별과 시》라는 시집을 출판하여

윤동주라는 이름을 세상에 알려주었지요

그리고 못다 이룬 그리운 사랑… 순이(順伊)

이화여전 문과 졸업반이었던 그녀

아카시아 향기 나는 머릿결을 따라

나의 영혼도 흔들렸어요

이제 막 드넓고 광활한 시의 세계에 눈을 뜰 즈음
그 함박눈 내리는 길목에서 다가온
또 다른 눈송이 하나 순이
너는 나에게 다가왔지만
나는 너에게 다가갈 용기가 없어
고작 너를 만난 것은 교회의 바이블클래스와 기차역

나의 청춘의 순정과 고백의 꽃다발을 주었다는 걸
그대도 알잖아요
일본에 간다고 말할 때 아무 말 없이 촉촉이 젖던 그대
눈동자
나를 향한 애틋한 사랑과 그리움의 여울

아, 순이의 사랑

그대를 생각만 해도 내 삶에 빛이 비치고

이미 그대는 내 빈 의자에 주인으로 앉아 있지만

그대의 젖은 눈동자 남겨두고 떠나는 용기 없는 사나이

내 자신이 달보다 더 미워지고

이제는 달을 향해 던진 돌을 나에게 던져요

다시 만날 수 없는 그대라면

잊힌 꽃다발을 말없이 건네주리라.

귀향

귀향, 언제나 설레는 것

꿈속에서도 잊을 수 없는 그 이름

나에게는 명동촌이라는 고향이 있어요

그곳을 떠나 용정의 은진중학교에 다니던 때도

교실 창밖 밤하늘을 바라보며

별들의 세계 속에 누가 살고 있을지,

별들을 넘어서 또 어떤 세계가 있을지

내 유년의 뜰엔 별들의 고향이 빛나고 있지요

부푼 꿈을 안고 연희전문학교로 왔을 땐

용정의 밤하늘을 볼 수는 없었지만

고향 마을의 별들은 향수의 돛배를 타고 와

내 영혼의 항구에 정박했어요

방학만 되어 즐거운 귀향길에 오르면

경원선 열차를 타고 원산으로 다시 함경선 열차를 타고

두만강 강변의 국경마을인 삼봉역에 다다른 후

다시 기차를 타고 두만강을 건너 용정에 도착하지요

그 머나먼 길, 고단한 여정이라도

어머니를 만나고 동생들을 만난다는 기쁨에

귀향길은 꿈속을 걷는 것만 같았어요

그러나 덜컹거리는 협궤열차 안에서

바람결에 스쳐 지나가는 산천과 수목들의 풍경을 보며

나는 귀향을 몇 번이나 더 할 수 있을지

내 귀향의 종착지는 과연 어디일지

먼 훗날 인생의 종착역에서 내리는 연습을 했어요

어쩌면 지금 내게도 황톳빛 노을이 두 눈에 물들고 있을지

귀향을 연습하는 중에 나도 모르는 사이

하얀 진흙과 더 가까워져가고 있는지.

후쿠오카로 가는 배 위에서 1

지금 나는 하늘과 바람과 별과 시를 가지고 후쿠오카로
간다

사랑하는 님은

왜 가느냐고 만류했지만

또 다른 님이 가라고 해서

더 큰 하늘, 더 큰 바람

더 큰 별을 품기 위하여

텅 빈 가슴,

용정의 옥수수밭 위로 쏟아지던

노란 달빛으로 물들이며

어머니의 순결한 옷깃이 찢긴

폐허의 제단

화제(火祭)의 서러운 짐승이 되기 위해서 간다

암흑의 사슬에 묶여 끌려간 조국

잎새에 이는 바람에도 괴로워하며
모든 죽어가는 것을 사랑하기 위해
성벽에 기대어 통곡하던 예레미야

잠 못 드는 별의 제단에
바람의 제물이 되어 스치고
화목의 꽃씨가 되어
조국의 광야에 흩날리기 위하여
현해탄의 푸른 물결 위
불멸의 별이 되어 떠오른다.

후쿠오카로 가는 배 위에서 2

내 시의 수심이 너무 낮아
현해탄의 검푸른 수심을 헤아려봅니다
동생에게도 고백하지 못한 나만의 비밀사랑
사랑과 시의 찬란한 발화 사이에서
백합 같은 사랑을 뒤로 하고 떠나는
사나이의 우는 가슴을 용서하여주시기를

시의 영혼을 불태우기 위해
당신과 함께 노래해야 할
봄날의 사랑을 지나서
저 겨울의 눈보라 속으로 떠나는
지친 순례자의 손목을 고이 놓아주시기를

내가 꿈꾸는 사랑이
검은 폐허의 끝에 놓인 버려진 헛간에서

차가운 손등 하얀 입김 불어가며 써 내려가는
몇 줄의 시일지라도

어느 먼 훗날
나의 시를 읽으며
나의 못다 이룬 청춘의 사랑을 떠올려 주시기를
바람이 휘몰아치는
저 푸른 바다가 보이시나요
그때는 때늦게라도 저 바다와 같이
나의 사랑 고백을 꼭 받아주시기를….

Ⅲ.

시를 제물로 드리다

릿교대학에서

동경 릿교대학

교정뿐 아니라 떨어지는 가을 나뭇잎마저 낯설기만 하고

신학문과 시세계의 새로운 지평을 넓히고 있지만

두고 온 님이 그리워 나의 마음을 사무치게 하네

밤마다 꿈속에 나타나는 님은

때로는 선녀, 때로는 악녀

고적한 사유와 번민의 나날

내 쓸쓸한 나뭇가지에 깃든 또 한 명의 여인

함경북도 어느 목사의 막내딸이었던

노래하는 반구(斑鳩)래요

어느 날, 나를 향한 그녀의 마음을 읽었지만

이미 꽃다발을 주고 온 사랑이 있기에 다가가지 못하고

백합화 꺾어 든 손을 뒤로 감추었다

그녀의 오빠를 통해서 사진까지 받았지만
왜 나는 하늘의 별만 쳐다보았는가
그녀의 오빠와 함께 찍은 흑백사진을
하루에도 몇 번이나 보면서도 다가가지 못한 사내

방학을 맞이해서 돌아온 고향 마을 용정
별 하나 나 하나
별 하나 너 하나
창문 밖으로 밤하늘의 별 보기가 아까워
뒷동산에 올라가 별을 바라보며
별 속에 그녀 이름을 새기고 또 새겼다

일본으로부터 급히 오라는 친구의 전보를 받고
얼마나 급했는지 사진을 집에다 놔두고 와
너무나 아쉬웠던 마음 쓸어내리며

그것이 내가 그녀를 버린 것은 아닌지

가슴에 품었던 사랑을 버리고 온 것은 아닌지

가슴 저린 후회와 자책…

그날 이후,

그녀가 법관에게 시집을 갔다는 소식이 들려왔을 때

빛바랜 유성이 슬픈 가을의 잎새들과 함께 애처롭게 떨

어지고 있었다

일본의 밤하늘은 왜 이리도

슬픈 별빛을 비추고 있는지

떨어지는 가을 잎새들도 애가를 부르고…

사진은 버려두고 왔지만

그래도 나는 너의 이름을

나의 사랑하는 별 위에 영원히 새겨놓으련다.

도시샤대학에서

여전히 낯선 땅

무궁화를 짓밟아 버린 적토(敵土)에 온 것이

아직도 수치스럽지만

도시샤의 서러운 달빛 아래서

시의 신세계에 눈떴습니다

사방이 나를 노려보고

가시 돋친 눈으로 쏘아보지만

그중에 낯선 사랑으로 다가온 적국의 여인

그 애절한 손짓 뿌리칠 수도, 다가갈 수도 없어

허공에 휘젓던 사랑을 어찌 아실까요

떠나버린 별의 사랑은 어찌 할 수 없다 하여도

여전히 무대 뒤에서 나를 기다리고 있는 순이

그녀가 밤마다 괴로운 심장 속에 파고들어

내 청춘의 별들 사이에서

두 여인이 충돌하고 있는 것을 누가 아실까요

나는 어느 사랑의 별이 되어야 하는지

달빛 부서진 교토의 밤거리를 거닐 때

더 깊고 아련한 시가

나의 폐부 속으로 깃들었음을

끝내 서먹한 사랑 가까이 할 수 없어

결국은 돌아가야 할 님의 품이 있어

그리운 고향 밤하늘에 떠 있을 별들을 헤아리며

또다시 잠을 청했다는 것을 누가 알아줄까요.

후쿠오카 감옥에서 1

— 〈윤동주, 달을 쏘다〉를 보고

조국도

고향도

아버지도 어머니도

너무 멀리 떨어져 있는

이방의 낯선 감옥에서

시는 내게 무엇인가

민족제단에 드려진 제사장의 제물

위로와 치유의 메시지

시는 너에게 무엇인가

스스로 예언자 되어

시대에 외치는 선견의 소리

그 제물과 치유, 예언의 메시지는

정녕 바람이 되고 별이 되고 꽃이 되리니

나는 이곳에서도 시를 쓴다

별을 세어보다가도

달을 쏘고 부서진 달빛에 쾌감을 느끼다가

아직 상처가 아물지 않은 손으로 펜을 든다

병든 제사장, 벙어리 예언자지만

심장 깊은 곳에서는 민족애의 연가를 부르고

영혼의 눈물을 적시며 시를 써내려간다

아 여전히 그리운 어머니여

더 애처로운 또 하나의 어머니여.

후쿠오카 감옥에서 2

용정의 갈대들에게 흔들리지 말라고 속삭였는데

정작 흔들리고 있는 갈대는 나입니다

바람이 옥문의 창을 스칠 때

한 점 부끄러움이 없기를 바랐건만

그래도 흔들리면서도 꽃을 피우고

상처를 입으면서도 순정을 지키려는

붉은 노을에 기대어 잠든 하얀 갈대

부서지면서 빛나는

침묵하면서 노래하는

어둠 내린 강가에 홀로 서 있는

외롭고 가련한 갈대의 서시(序詩)

머나먼 조국

애타는 그리움은 어느 밤하늘 별로 떠오르고

사랑하는 십자가 제단의 제물로 헌상이 되어

버려진 제사장이고

말 못 하는 예언자일지라도

오늘도 시의 제단에

시든 꽃 한 송이

남루한 제물로 드리리.

후쿠오카 감옥에서 3

어머니
애처롭게 불러보지만
대답이 없으시네요
지금 내 심지의 불은
벌써부터 깜박거리고 있습니다
꺼져가는 불을 잠시라도 지키려고
영혼마저 어머니께 가질 못했습니다
이제 곧 심지의 불이 꺼질 때
나의 생명은 전제로 드려질 것입니다
나의 DNA를 여인의 자궁 속에
한 번도 심지 못하고 가는
이 아들의 마음은 통절하기 그지없지만
그것은 시로 부활하고
꽃씨로 흩날려 민족의 광야에서
셀 수 없는 꽃들로 피어나리니

어머니 너무 상심하지 마소서

어머니의 검은 상복의 옷고름마저

풀리던 수치와 영욕의 세월이

아직 남아 있겠지만

그 수치와 영욕은 마침내

영광의 화관으로 바뀌어질 것이오니

어머니 부디 그때를 기다리소서

조금만 인내하소서

조국 교회의 십자가에 걸린

광복의 빛이

곧 민족 번영의 아리아로 울려 퍼질 것이니

아, 어머니 그리운 어머니의 젖줄이여.

송몽규에게

– 〈동주〉 영화를 보고

몽규야,

후쿠오카 감옥 창살 너머 빛나는 별을 너도 보고 있는가

심장은 차갑게 식어가고

손끝은 송곳이 찌르는 듯 아려오지만

두 눈은 왜 끝없이 젖는지

너의 이름을 부를 때마다

눈물이 심장을 적신다

우리가 함께 어깨동무하고 걷던

명동의 밤길엔 바람이 수수밭을 흔들어대며 춤을 추었고

용정의 우물가엔 반달이 웃음 짓고 있었지

네가 산문의 담을 자유롭게 넘나들고 있을 때

난 시의 문지방도 넘지 못하고 허덕거렸지만

난, 너의 등을 보며 촛불을 끄지 않았다

몽규야,

너와 함께 걷던 연희전문학교 교정

우린 왜 스무 살 청춘의 봄을 빼앗겨야만 했는가

왜 펜이 아닌 총을, 꽃이 아닌 돌을 들어야만 했는가

아카시아 향기 그윽한 봄밤의 담벼락 아래서

왜 가슴 시린 사랑 고백 한 번 못 하고

황홀한 입맞춤 한 번 하지 못한 채

늑대의 밤거리로 쫓기고 쫓겨 다녀야 했는가

너는 시를 써라, 총은 내가 들 거니까…

나를 문학의 피안으로 밀어 넣고

혼자 빼앗긴 산야를 되찾으러 떠나려 했던 너

난 너를 떠날 수 없었고

넌 나를 잊을 수 없었다

현해탄을 건너 도쿄로 다시 교토로

그리고 우리의 마지막 이별을 위한

후쿠오카, 아, 그 죽음의 땅 후쿠오카…

너와 나의 만남은 서글픈 죽음을 위한 숙명이었는지

너는 바늘이고 난 실이었나

너의 자백을 통하여 마지막으로 준 선물이

더 이상 별을 볼 수 없는 죽음의 밤이었는지

그러나 몽규야,

우리가 밧줄에 손이 묶여 서로를 안을 수 없을지라도

우리도 모르는 주사액이 혈관의 피를 굳게 하여

더 이상 뜨거운 숨결로

서로의 이름을 부를 수 없을지라도

난, 너의 자백을 원망하지 않는다

너와 함께 용정에서부터 후쿠오카까지 걸어온

그 모든 삶의 순간과 추억을 후회하지 않는다

넌 나의 분신이고 또 다른 심장이며

하나밖에 없는 벗이었기에

몽규야,

아마, 나의 이 마지막 시가 다 끝나기 전

난 펜을 놓을지도 모른다

그러나 나의 심장이

후쿠오카 감옥 창살 아래서 차갑게 식어갈지라도

어찌 너의 이름을 지울 수 있겠는가

몽규야,

우리 별이 되어 만나자

빼앗긴 산야에도 봄은 오고

조국의 깊은 밤에도 붉은 새벽빛이 아스라이 밝아오리니

그 황홀한 새벽빛 머금고

용정의 우물 한 모금 목 타는 가슴에 축이며

다시, 우리 머나먼 조국의 봄길 어디선가 꽃씨가 되어
만나자

그래서 조국 산야에 꽃이 되고 꽃이 되자.

윤동주와 송몽규

- 〈동주〉 영화를 보고

내 안엔 꽃을 든 윤동주가 있어

깊은 밤이면 별을 노래하는 소년이 되고

회색빛 콘크리트 도시를 쫓기듯 거닐다가도

혼자 넋 놓고

고향 마을 우물을 들여다보는 시인이 되기도 하지

차마 사랑 고백도 못 하고

불 켜진 소녀의 집 아래서 서성이다

발자국 소리만 남긴 채

집으로 돌아와 축 낮은 전등 아래서

부치지 못한 편지를 쓴 적이 있어

아니, 내 안엔 총을 든 송몽규도 있어

밤이면 양들을 삼키려는 이리 떼를 쫓아내는

사자의 눈빛을 가진 목동이 되기도 하고

나의 목자를 해치려는 자가 나타나면

사냥개처럼 달려 나가 목덜미를 물어버리는
털 솟은 야수가 되기도 하지
나의 소녀만큼은 머리카락 하나 다치지 않게
밤새 그 집 앞을 지키는 외로운 야인이 되기도 했어

내 안엔 윤동주와 송몽규가 있어
꽃과 총, 물과 불, 별과 돌, 산들바람과 폭풍이 일어나지
생(生)의 거울 앞에 서면
윤동주가 웃으며 사랑 고백하라며 꽃을 건네고
다시 뒤돌아서면
송몽규가 그 사랑 끝까지 지키라고
탄환 장전된 총을 건네지

그러면 나는 누구인가
나는 윤동주인가, 송몽규인가

꽃과 총, 물과 불, 별과 돌, 산들바람과 폭풍

이 모든 것이 나인가

내 속엔 여전히 태풍전야의 바람이 휘몰아치고 있는가.

별의 개선

아버지의 따뜻한 품에 안겨

귀향을 합니다

나를 보고 슬퍼하지 마세요

한 줌의 재가 되었지만

또 다른 별이 되어 개선을 하잖아요

요절한 내 백골의 일부를 현해탄에 뿌렸다오

지금 건너는 이 두만강 다리처럼 나의 백골이 현해탄에

화해의 다리로 이어지도록 반 줌의 중보가 되려 합니다

나를 양지바른 교회의 동산에 묻어주세요

조롱의 새가 자유를 기다리듯

거기서 부활을 꿈꾸겠습니다

시들어야 할 운명의 꽃, 숙명의 별로 살아왔지만

자유의 꽃으로 부활하고

선구자의 별로 떠올라

용정의 하늘에 반짝이고

조선의 하늘을 비추어

더 많은 별들의 시인이 나오게 하겠습니다.

윤동주 무덤 앞에서 1

시리도록 파아란 명동촌의 가을 하늘
코스모스와 들국화가 손을 흔들어주고
이름 모를 가을꽃들이 향기를 발하며
나를 반겨주는데
님이 누워 계신 보금자리 위엔
왜 풀 한 포기 하나 자라지 않는 건가요

푸른 잔디로 단장된 아담한 무덤 앞에
미소 짓고 있을 님의 흑백사진을 떠올리며
이리도 숨 가쁘게 달려왔는데
그대 삶을 민족의 제단에 바쳤던 것처럼
무덤을 덮는 지붕의 잔디까지
다른 곳에 양보를 하신 건가요

잔디 대신 피어오른 눈부신 동주화

코 끝 진동하는 시화(詩花)들의 향기

나는 분명 그 역설의 꽃과 향기를 보았고 맡았는데

내 가슴이 저기 해란강까지 흘러내리는 이유는 무엇입
니까

미안합니다

동주화와 시화(詩花)들 대신 벌거숭이 지붕 위에

푸른 뗏장을 입혀드리겠습니다

보이지 않는 님의 옷깃 여미어주는 심정으로

흐르는 눈물을 거름 삼아

그대 영혼까지 푸르르게 해드리겠습니다

아 하늘의 별처럼 심긴 풀들이여

이제는 혹한의 계절에도 잠들지 말고

푸르며 무성하소서

저 아벨의 무덤을 장식해주던

에덴의 동쪽의 그 풀잎들처럼.

윤동주 무덤 앞에서 2

누가 당신을 비운의 사람이라고 했던가

젊음을 불태우며

혼의 시를 쓴 사람

시 같은 삶을 산 남자

낮에는 이글거리는 태양을 쏘아보며

밤에는 별을 헤이다 달을 쏘던 사람

못다 핀 삶의 한을 무덤으로 꽃피우며

무덤까지 시로 새긴 사람

오늘도 당신 무덤엔

풀벌레의 울음소리가 시의 향연으로 피어오른다.

윤동주 무덤 앞에서 3

님의 무덤을 찾아오지 않고서야

어찌 시인이라 할 수 있으랴

그대처럼 아파하지 않고서야

어찌 시를 쓴다 할 수 있으리오

부끄러움 하나 느끼지 않고 시를 썼던

가짜 시인을 꾸짖어주십시오

눈물 없이 쓴 껍데기 시를

심판해주십시오

참회록 없는 이 시대의 시인들을

파면해주십시오

당신 무덤에 피어오른 동주화를

내 마음의 무덤에 심도록 허락해주십시오.

그 어떤 밤도 흐린 별 하나를 이기지 못하리

- 윤동주 묘에서 바치는 뒤늦은 조시(弔詩)

님은 후쿠오카 형무소에서 싸늘한 시신이 되고

한 줌의 백골가루가 되어 떠났지만

우린 여전히 님을 보내지 못하고

가슴속 잎새에 이는 바람에도 괴로워하는

흐린 별 하나를 그리워합니다

자유와 사랑을 빼앗긴 들녘에서

하늘과 바람과 별과 시가 되어

훌훌 떠나간 가인(歌人)

십자가 종탑 아래서

피투성이가 되어 쓰러진 조국을 끌어안고

목 놓아 울고 또 울었던 서글픈 사내

님이 사랑한 조국은 끝내 아무런 대답도 없었지만

잠 못 드는 밤, 뜨거운 연서를 쓰고

주사자국에 파랗게 멍든 떨리는 손으로

칠흑 같은 절망의 밤을 향하여

백야의 시를 바쳤던 가녀린 시혼(詩魂)

님이 비록 온밤을 밝히는 찬란한 별이 되지 못하고 어느 깊은 밤 흐린 별 하나로 떠 있을지라도

헤아릴 수 없이 많은 이들의 가슴에

자유의 등불과 백야의 빛이 되어

검은 어둠을 사르고 있다면

지상의 그 어떤 밤도 흐린 별 하나를 이기지 못하리

님이여,

오늘 밤에도 별이 바람에 스치웁니다

그 어딘가 잎새 하나 붙잡고 울고 있을 외로운 눈물이여

그러나 그 눈물이 소리 없는 새벽 보슬비 되어

오늘 우리의 가슴과 민족의 광야에

이름 없는 산들꽃을 피우는

더운 가슴의 사랑이여.

시(詩)의 십자가

- 윤동주의 〈십자가〉 시를 읽고

나는 동주의 차갑게 식은 가슴 위에

한 가지 선물을 하고 싶어요

그토록 목 놓아 울며 바라보았던

저 햇빛 걸려 있는 교회당 꼭대기 십자가

끝내 가슴에 안아보지 못하고

머나먼 밤하늘 별이 되어버린

청년 동주의 시퍼렇게 타들어간 육신 위에

사랑의 나무십자가 하나 목에 걸어주고 싶어요

다시는 외로워하지 말라고

다시는 괴로워하지 말라고

다시는 목 놓아 울지 말라고

그토록 사모했던

예수 그리스도의 십자가

그의 곁에 놓아주고 싶어요

야수의 손톱과 발톱에 찢겨나간
검은 하늘에 모가지를 드리우고
꽃처럼 피어나는 보혈의 붉은 사랑 한 줄기
조용히 흘리며 떠난 외로운 사내
동주에게

내 부끄러운 시(詩)의 십자가
눈물로 바치고 싶네요.

윤동주 이후…

님은 갔습니다

그러나 다시 왔습니다

아, 님은 갔습니다

그러나 님은 가지 않았습니다

때늦은 깨달음이지만

우리가 님을 떠나보내지 않았기 때문입니다

여전히 별빛 속에 당신의 이름이 새겨져 있고

내 가슴의 별에도 당신의 고뇌와 눈물,

저항적 사색이 새겨져 있기 때문입니다

감추려고 해도 감출 수 없는 별빛, 그 빛 때문에

나는 지금도 시대에 저항하여 어둠을 쫓고 있습니다

비록 몽규처럼 총을 들진 않았지만

나는 여전히 펜을 잡고

당신처럼 부끄러움을 넘어 순수저항을 새기고 싶습니다

아, 가신 것처럼 보이지만 가시지 않았고

떠났지만 여전히 아벨의 대언을 하고 있는 님이여

오늘도 당신의 하늘과 바람과 별과 시는

우리의 상념의 바다가 되고 아픔의 격류가 되어

그 아픔은 별이 되고 꽃이 되고 바람이 되어

어둠 속을 표류하는 시대를 인도하는

외로운 등대처럼 저항의 불빛을 밝히고 있습니다.

별들의 잔치 이후

별들의 잔치가 끝난 밤하늘엔
부서진 별빛의 파편들과 검은 적막만이
버려진 들녘에 타다 남은 장작들처럼 쌓여 있었습니다

저 수많은 별들 가운데
무명의 별 하나로도 뜰 수 없었던
지리산 자락의 자그만 반딧불 같았던
한 소년은 별빛을 가슴에 품고
신성한 밤하늘의 향기와 빛의 선율을 품었습니다

훗날 산을 넘어 들로
들을 지나 강으로, 다시 도시로
가슴에 반딧불 하나 품고 왔던 소년은
어느새 자신도 밤하늘 어느 구석
별 하나로 떠 있음을 알게 되었습니다

소년은 자신만을 빛내는 별이 아닌

함께 빛나는 은하수를 꿈꾸며

별들의 원탁을 만들고

캐슬빌더를 넘어 킹덤빌더가 되는 꿈을 꾸며

별의 시를 새기며 반짝였습니다

하나의 별이 아닌, 둘, 둘이 아닌 셋,

셋이 아닌 수십, 수백, 수천의 별들이

함께 빛나는 꿈을 꾸며

오늘도 도시의 밤하늘에

고독한 별의 시를 새기고 있습니다.

고뇌가 사라진 고뇌의 시대

별 하나에 아름다운 말 한마디씩을 부르며

별을 헤아리던 동주의 고뇌

라이너 마리아 릴케, 폴 발레리, 보들레르, 프랑시스
잠…

영혼의 이름들을 소환하며

흙바닥 위에 손가락으로 써 내려가던 시편들

그러나

사무치게 그리운 이름도, 가슴 들뜬 동경의 대상도,

사랑의 아련한 추상과 기다림의 서정도 사라져버린

삭막하고 비정한 도시의 밤거리에서

어느 콘크리트 벽에

다시, 그대의 시를 써 내려갈 것인가

인간의 도시에서 별이 사라진 후부터

우린 불행하게 된 것은 아닐까

잠 못 드는 고뇌의 밤이 소등된 후부터

진정한 사랑의 시를 잃어버린 것은 아닐까

가자, 다시 고뇌의 시대로

저 별들의 무덤 위에

동주가 시를 써놓은 흙먼지 날리는 언덕으로

스쳐가는 바람에도 흔들리는

우리 영혼의 깊은 고뇌,

그 밤이슬 젖은 잎새 사이로.

Ⅳ.

꽃잎과 바람의 연서

밤비

달이 조각나고

별들도 상처를 받는 밤인지

그들의 아픔이 눈물이 되어

밤새 비가 주르륵 주르륵

도심의 영혼들은 잠들어 있지만

스올의 영혼들은 통곡을 하고

무덤 위의 잡초들만

영혼들의 소리를 듣는다

풀벌레들도 숨을 죽이고

나무들도 고개를 숙이고 있는데

저 멀리 용정에 있는

윤동주의 무덤에서는

밤비를 맞고도

별들이 하얀 야화(夜花)로 피고 있다.

용정의 바람

용정에 다시 왔는데
오늘은 무엇을 가지고 오시겠습니까?
마음이 캄캄할 때
먹장구름을 가져오고
마음이 슬픈 날은
차가운 비를 가져왔죠
깜빡거리는 심지의 불마저 꺼뜨려버렸을 때
목 놓아 울고 또 울었습니다

그토록 울게 하면서 어느새
오곡백과를 무르익게 한 당신
무르익은 오곡백과들 위에
별빛도 잠들게 한 후
거기서 내 이름을 부르며
영혼 속까지 생기로 지나가며

시상을 가져오는 당신, 누구입니까?

저 머나먼 곳에서 바다를 지나고 산을 넘어

지금도 내게로 오고 있는 당신이여

오늘은 무엇을 가져오시겠습니까?

추억의 날개에 때 묻은 나를 태워

다시 먼 근원의 세계로

원형의 땅으로

데려다줄 수는 없는가요

동주의 시가 가득한 곳

별들 사이에서 시를 쓸 수 있는 나라로….

동심천국

7월의 한여름 밤
지리산 심원마을의 한 고개턱에
날아든 한 마리 반딧불
내 마음 동심되어
잽싸게 움켜잡습니다

여름밤을 수놓았던 개똥벌레
별의 시인 윤동주를 닮은 듯
하늘에서 떨어진 달 조각, 별 부스러기라며
밤마다 개똥벌레를 찾아다니던
지리산 소년이 됩니다

한여름 밤을 까만 도화지 삼아
시처럼 그림처럼
반짝이며 날아다니던 반딧불

지금은 다 어디로 가버렸나요

이젠 이 심원마을 골짜기에서도

외로운 대명사가 되었으니

움켜쥐던 반딧불을

옛 추억과 함께

아득한 기억 저편으로 날려 보내면

추억의 수풀 사이를 거니는

달빛, 별빛 조각처럼

다신 돌아오지 않으리라고

떠나는 영혼처럼 반짝반짝

훨훨 날아갑니다.

용정의 해바라기

왜 한낮에 고개를 숙이고 있나요

해를 향해 고개를 들고

환한 웃음을 짓고 있어야지요

해를 품은 꽃이 되어

임을 위한 행진곡을 불러야 하지 않나요

어린 시절 해바라기의 노오란 꽃잎 속엔

동네 모든 아이들의 뛰노는 모습까지 담겨 있었는데

내 추억을 지금 여기 그대 얼굴에서도

찾을 수 있는 건가요

아버지는 마당에서 장작을 패고

어머니는 마루에서 길쌈을 하고

나는 방에서 할머니에게 옛날이야기를 듣고 있던 추억들

그걸 잊어먹어서 고개를 숙이고 있나요

해가 지고 밤이 오면

달맞이 꽃 세상이 될 텐데

어서 고개를 들어 임을 위해 노래를 하세요

그리고 님의 추억과 내 추억까지도 들려주세요.

상처

어느 날 불어닥친 폭풍 앞에

어쩔 수 없이 부러져야 했던 마디, 마디들

누군가 와서 위로를 건네주는 것이 더 큰 상처가 됩니다

일으켜 세울수록 아픔은 더해가고

보듬어준다 해도 더 외로워져요

비바람이 불면 혼자 울게 해주세요

태풍이 몰아친다 해도 겨울까지 기다려주세요

그 어디에도 없는

위로를 찾아 헤매느니

차라리 하얀 겨울을 기다리렵니다

하얀 눈이 소복소복 내릴 때

백설(白雪)이 온 세상을 덮어준 것처럼

님이 나를 덮어주기만을 기다리겠습니다.

갈대꽃

상처입고 핀 꽃이라서

이토록 아름답던가

흔들리며 피는 꽃이라서

이토록 눈부시던가

생각하며 피는 꽃이라서

이토록 고상하던가

가을에 산들바람이 불면

하얀 물결을 치며

온통 갈대꽃 축제를 이루지

겨울엔 하늘의 별들과

입맞춤을 하다가

매서운 눈바람이 불어닥치면

온 들녘을 휘날려

갈대의 영역을 확장해온 거야

억겁의 세월만큼

흔들리기를 자처하고

상처입기를 자원하며

눈물로 피어난 꽃이기에

너를 순정의 꽃이라 부른다.

길

JSA를 다녀올 때마다
눈여겨 봐둔 길
두루미가 다니고
뜸북새가 울고 있는
논길을 지나
뻐꾸기가 우는 숲속으로 가는 길

그 길을 따라가면 무엇이 있을지
사슴이 반기려나, 지뢰가 터지려나
언젠가 당신과 꼭 그 길을
걷고 싶은데, 그 길의 사랑을 나누고 싶은데
여전히 너무 멀리만 있는 당신
너무 멀어져가는 당신.

불면

밤이 깊을수록
등 근육은 경직되고

생각은 꼬리에 꼬리를 물고
이상의 나래를 편다

심장은 콩닥거리며
머리는 갈수록 또렷해져

이대로 또 아침을 맞이할까봐
새벽이 두려워지는 때

그래도 불면은
영면을 이기고 있다

불면이 모든 죽어가는 것들을

사랑하고 있다.

바다낚시

생전 처음 해본 바다낚시

남들은 대어(大漁)를 잘도 끌어 올리는데

내 낚시는 계속 왕따 중

그러나 오랜 시간 후 마침내 내 낚시에도 입질이 있어

잽싸게 끌어 올려보니

아주 작은 도다리 새끼 한 마리가 올라왔네요

그놈이 팔딱거리며 이렇게 말했어요

낚시꾼도 아닌 당신이 왜 이곳에 와서

하필 나를 끌어 올려요

당장 나를 바다에 던지고

밤을 기다려봐요

여기 밤하늘은 얼마나 별들이 많은지 알고 있나요

차라리 윤동주 시인처럼 하늘의 별들을 낚아보세요

당신은 영원히 영혼의 별들이나 낚으시라고요.

저희가 대신 울겠습니다

- 유즈노사할린교회 집회 때 정신대 할머니들을 생각하며

님의 얼굴에

지나온

당신의 모진 역사가

새겨져 있습니다

구겨지고 찌든 얼굴에

애끓던 당신의 젊음

한 많은 청춘의 역사가

기록되어 있습니다

차마 죽지 못해

수치와 통한의 눈물을 훔치며

살아온 인고의 세월들

거기에 대한민국의 역사가 있고

님이 흘린 피눈물로

한민족의 역사가 애가 끓게
기록되어 있습니다

고국에도 돌아오지 못하고
여태껏 사할린에 남아
모진 세월을 속가슴으로 삭이고 계시는
우리의 어머니들이여
이제야 찾아와
엎드려 절함을 용서하세요

어머니
얼마나 고국을 원망하셨습니까
얼마나 저희들을 탓하셨습니까
기나긴 세월 동안
얼마나 얼마나 눈물을 뿌리셨습니까

어머니

이젠 그만 눈물을 거두세요

어머니가 여명의 눈동자로 뿌린 눈물 때문에

저희가 이렇게 잘되어 있잖아요

대한의 아들딸들이 이만큼

잘 자라 있잖아요

이젠 그만 우세요

지금부턴 저희가 대신 울겠습니다

어머니의 모질디모진 수치들

대한민국의 통한의 역사를

가슴에 품고

저희가 대신 눈물을 흘리겠습니다.

꽃씨

언제부턴가

꽃씨가 사랑스럽습니다

그래서

마음의 뜨락에 꽃씨를 심습니다

세상 가득 향기로 덮고 싶기에

이젠 꽃을 꺾어

선물하지 않으렵니다

그보다

꽃씨를 나누어주고

그 마음에 뿌려주기로 했습니다

더딜지라도

코끝에 물씬 풍기는 향기 없을지라도

한 아름 안겨주는 화사함 덜할지라도

오늘도 꽃씨를 뿌립니다

마음의 밭을 일구어

열심히 꽃씨를 뿌립니다

그날

사랑하는 사람들 안에서

향내 가득하고

이 세상 꽃들로 가득하게 될 때를

기다리며

그리고

이 세상을 떠나는 날

나는 이 꽃씨들을 천국에 가져가렵니다.

꽃잎과 바람

꽃잎은

바람에 흔들려도

바람을 사랑합니다

꽃잎은

찢기고 허리가 구부러져도

바람을 사랑합니다

누구도 손 내밀지 않고

아무도 다가오지 않은 적막의 시간

바람은

꽃잎을 찾아왔습니다

별들의 이야기를 속삭이고

나뭇잎 노래를 들려주고

애틋이 어루만져 주었습니다

밤이 깊어도

아침이 밝아도

꽃잎이 모두 져버려도

꽃잎은

바람을 사랑합니다

그래서 바람이 불면 꽃잎이 떨어집니다.

물망초

나를 가시로 찔러도 좋아요
부디 날 잊지만 말아주세요

나를 꺾고 베어도 좋아요
제발 날 버리지만 말아주세요

나를 밟고 비벼도 좋아요
꼭 날 떠나지만 말아주세요

당신이 찌르고 베고 밟고 비벼도
내가 또 피고 피면 되잖아요

당신이 내 곁에 있는 한
난 여전히 물망초

내 삶이 하나이듯 사랑도 하나

물망초는 오직 당신을 사랑할 뿐입니다.

내 마음 바람 되어

이제는 당신의 마음을
흔들어보겠습니다
달빛을 스치우고
별빛도 스러지게 했던
그 기억 더듬으며
당신께 향합니다

자신할 순 없지만
빙하를 녹게 했던 그 열정으로
당신 영혼을 에어보렵니다

강가로 나오시겠습니까
그대 마음 강물 되어 흐르게 할 겁니다
산으로 와보시겠어요
소년을 기다리는

외로운 나무가 되게 해보겠습니다

흔들리는 그대 모습이 보고파

내 마음 바람이 됩니다

바람은 사랑이 되고

사랑은 그리움이 되고

그리움은 고독이 되어.

내 마음 별이 되어

내 이름을 모른다 해도
섭섭지 않겠습니다

내 이름 불러주지 않아도
괜찮습니다

아름답다는 한마디 말씀이 없어도
당신을 향해 비추고 있는 것이
고마움이고 행복입니다

당신을 위함이 아니면
있어도 없고

혼자서는 아무것도 아닌
당신 것으로만 지명된 나의 존재

비록 무명의 별이지만

낮에도, 밤에도

당신의 별이 되어

오직 당신만을 지켜보며

목숨 바쳐 반짝거리겠습니다.

〈해설〉

윤동주의 시와 삶을 노래한
초유의 '평전시'

– 소강석 시인의 시집《다시, 별 헤는 밤》읽기

강희근
(시인, 경상대학교 인문대학 국어국문학과 명예교수)

1.

이번에 윤동주 시인 탄생 100주년을 앞두고 소강석 시
인의 시집《다시, 별 헤는 밤》이 나온다. 이 글은 그 원고를
통독한 뒤에 쓰는 해설 몫으로 쓴다. 이 시집은 윤동주 시
편들에 대한 메타시의 성격을 띠고 있고, 작품들이 하나의
지향으로 모여져 전체적으로는 윤동주의 작품들과 삶에
대한 '평전시'를 이루고 있다고 할 수 있다. 이 용어는 필자
가 처음 쓴다. 윤동주의 시가 메타적으로 다루어지면서 총
체적으로는 윤동주의 생애가 산문 평전처럼 녹아 있기 때
문에 평전시(評傳詩)라는 말을 쓸 수 있겠다는 판단이다.

지금까지 윤동주 평전은 많이 나왔지만 윤동주의 내면
으로 들어가 그가 못다 한 고백을 끄집어내고 오늘의 우리
와 재회하게 하는 평전시를 쓰는 시도는 최초다. 마치 윤
동주가 다시 살아나 시를 쓴 것처럼 우리 앞에 그가 젖은
눈으로 응시했던 하늘과 바람과 별과 시의 노래를 수묵화
처럼 인화하고 있다.

평전시를 쓰는 시인은 일단 평전시의 대상이 되는 시인
의 작품이 시대적 의미를 획득하고 있다는 믿음을 가져야

한다. 통시적으로도 보편성 위에 폭넓은 독자를 확보하고 있는 시인으로 공인되고 있는 사람 중에서 예언적 비전이 확인되는 사람이면 좋을 것이다. 그 대상이 소강석 시인의 경우 윤동주라는 것이다. 윤동주는 일본 제국주의의 사슬에 묶이고 옥죄어 지상에서 27년 2개월의 생을 살았다. 윤동주는 시사상 가장 순결한 자아성찰의 시인이었다. 그리고 예언자적 저항시인이었다. 일제하 저항시인으로 만해, 상화, 육사 등과 어깨를 나란히 하면서도 별과 십자가의 시인이라는 독특한 위상을 지닌다.

소강석 시인은 윤동주처럼 별을 헤는 시인이 되고자 한다. 하여 시집 이름을 '다시, 별 헤는 밤'이라 이름 붙인다. 이 말에는 윤동주가 먼저 간 길을 이어서 가고자 하는 원의가 숨겨져 있다. 나라 앞에서 민족 앞에서 제단을 세우고 하나 둘 또는 셋 넷 이름을 부르는 소리가 시가 되고 고난의 언덕이 되는, 그 길을 가고자 하는 원의가 있다는 것이다.

2.

시집 《다시, 별 헤는 밤》에는 〈서시〉 등 총 54편이 실려 있고, 4부로 나누어 제1부는 '명동촌과 용정 시기', 제2부는 '연희전문 시기', 제3부는 '일본유학과 피검 순국 시기', 제4부는 '시기를 벗어난 시편들'로 3부까지는 연대기적 편집을 보인다. 연대기는 평전의 일반적 순서에 준하기 때문에 소 시인의 시집의 시편들을 평전시라 일컬을 수 있다는 것이다.

연대기라는 말을 했지만 제1부의 시라 하여 모두가 명동촌과 용정 시기의 과거를 대상으로 하는 것이 아니고 그것은 소재가 되었을 뿐 시적 화자의 이야기로 시작되기도 하고 윤동주의 유년이 나오기도 하는, 초시간적인 이미지의 넘나듦을 보인다. 그러니까 윤동주의 삶의 궤적과 오늘 시점의 소 시인의 시간대는 하나일 수도 있고 윤동주의 것이기도 하는 시간의 경계를 넘어서는 정서적 통합이 이루어진다.

먼저 제1부 '별의 시인이 태어나다'에 실린 시편들을 보자.

윤동주 이후

우리 모두는 가슴에 시 한 편 가졌다

아무리 시에 관심 없고

문학에 문외한인 사람일지라도

그가 사형수이든 수배자이든

대통령이든 국회의원이든

초호화 재벌이든 폐지를 줍는 노인이든

경찰이든 단속에 쫓기는 노점상이든

꽃처럼 피어나는 소녀이든

막다른 골목 유곽의 외로운 여인이든

콘크리트 숲 회사원이든

지하도에 신문지를 깔고 잠드는 노숙자이든

어머니의 손수건 같은 시 한 편 가졌다

우리의 지저분한 마음을

가혹한 상처를

씻을 수 없는 후회를

위로하고 닦아주는 시 한 편 가졌다

서시(序詩)는 지금도

모든 죽어가는 것들을 사랑하는

우리 가슴속 별이 되어

바람에 스치운다.

– 〈서시(序詩), 이후⋯〉 전문

　인용시에 〈서시(序詩), 이후⋯〉라는 제목을 붙인 대로 윤동주의 서시는 날이 갈수록 민족의 어느 누구에게나 사랑받는 애송시로 자리 잡고 있음을 말한다. 문학을 하든 안 하든 가난한 이든 부자이든 권력자이든 소외된 이든 회사원이든 노숙자이든 누구든 눈으로 글을 읽을 줄 아는 사람이라면 윤동주의 시 〈서시〉를 조건 없이 좋아한다는 것이다. 〈서시〉는 회색빛 도시의 공명과 욕망의 환각에서 깨어나게 한다. 화자는 죽어가는 것들을 사랑하는 우리 가슴속에 별이 되는 시이고 바람에 스치우는 시가 된다는 것을 일깨워준다. 《윤동주 평전》을 쓴 송우혜는 그 책에서 "어둠이 짙을수록 빛은 더욱 밝아진다. 마찬가지로 세상이 어둡고 혼탁해질수록 윤동주의 시는 정결하고 청정한 인간정신이 지닌 아름다움을 더욱 선연하게 일깨워준다"며

〈서시〉의 구절을 인용한 바 있다.

한 시인의 시가 어떤 것이든 소 시인에게서처럼 전폭적이고 전방위적인 정서로 수용이 된다는 것은 그것으로도 시인된 이로서의 넘치는 덕목이 되기에 충분하다 할 것이다. 더구나 나라 잃은 시대의 암울한 터널을 지나며 고운 민족 언어로 민족의 문화를 지키고자 한 윤동주의 십자가를 함께 나누어 지고자 하는 소 시인의 행보가 십자가 위에 비치는 햇볕처럼 따스하다.

　당신이 이곳에서 별을 보며

　사색에 잠기던 때

　나는 라디오에 심취해 있었습니다

　잎새에 이는 바람 소리에도

　시대의 소명을 감지하던 때

　나는 바람개비를 날리며 뛰어다녔지요

　작은 심장을 콩당거리며

　시상에 잠겨 있을 때

　나는 많은 청중 앞에 웅변을 하며

박수와 갈채를 받았어요

당신이 문예지를 만들고 있을 때

땅따먹기 놀이를 하고 있던 나

지금 죄인이 되어 찾아왔네요

이제라도 당신의 체취를 느끼고 싶고

순백의 얼과 동심의 혼을 만나러 왔는데

당신은 없고 영혼의 제단에 올려진

시들이 제물이 되어 화제(火祭)로만 타오르고 있어

제단 위에 타오르는 헌상의 시들을

차마 가져갈 수는 없고

타다 남은 잿가루를

한 움큼 가져가겠습니다.

-〈윤동주 생가에서〉 전문

　인용시는 윤동주의 생가에 가서 느낀 소회를 시로 노래
한 것이다. 앞 연은 이 집에서 동주가 어린 시절을 보낸 내
용을 떠올리면서 그 내용에 반하는 화자의 유년시절 행동

을 대비하며 기억한다. 이 기억은 말할 것도 없이 반성적 차원이다. 1연의 대비를 정리하면 아래와 같다.

· 동주가 별 보며 사색하다 ― 화자는 라디오에 심취하다
· 잎새에 이는 바람에서 소명 감지 ― 바람개비 날리며 지내다
· 작은 심장에 시상 잠기다 ― 청중 앞에 웅변으로 박수를 받다
· 문예지를 만들고 있었다 ― 땅따먹기 놀이에 빠지다

위에 정리한 앞부분은 윤동주의 행동이고 뒷부분은 화자의 행동이다. 이 앞뒤 대응은 같은 시대의 것으로 드러나는 것이 아니라 시대는 바뀌었지만 같은 연령대의 동주와 소 시인 행동의 대응이다. 이런 대응은 그 뒤 연에 오는 화자의 죄인의식으로 연결된다. "지금 죄인이 되어 찾아왔네요"라는 고백이 고스란히 죄의식이다. 뒤 연에서 고백한 무자각 무소명에 천진난만한 것이 어찌 잘못일 수 있겠는가마는 순결과 예언적 침전과 같은 동주의 흔들리지 않는

의젓함에 비해서는 참으로 미안한 천진스러움이라는 것일 터이다. 소 시인은 그러므로 그러한 동주의 유년을 하나의 예언자적 액자처럼 걸어놓고 싶은 것이라 하겠다.

필자는 시인의 이 대응적 성찰을 또 한 사람의 동주가 동주 뒤를 이어 고뇌하는 아름다운 내면임을 인정하지 않을 수 없다. "순백의 얼과 동심의 혼을 만나러 왔는데 당신은 없고"라 하며 영혼의 제단에 올려진 시들이 제물로 타오르는 거기, 타다 남은 잿가루를 한 움큼 가져가겠다는 표명이 눈시울에 적셔들기 때문이다. 잊힌 윤동주적 서정의 파동을 일으키는 기점이다.

다음 시는 윤동주 시 〈자화상〉의 패러디(parody)라는 점을 주목할 필요가 있다.

산모퉁이 외딴 우물 하나

하늘과 구름, 달과 별이 빛나는 우물 위로

잎새에 이는 바람이 스쳐 지나가고

난, 외로운 동주처럼

혼자 말없이 우물을 바라봅니다

그러다가 나도 괜히

동주처럼 내 자신이 미워져

우물에 돌멩이 하나 던져놓고 돌아가다

다시, 문득 우물 속 사내가 그리워집니다

– 〈동주의 우물가에서〉 전반부

　인용시는 윤동주의 〈자화상〉이 바로 연상이 되는 시다. '산모퉁이를 돌아 논가 외딴 우물'(〈자화상〉)이 '산모퉁이 외딴 우물'로 시작되는 것이 그러하다. 두 번째 줄에서도 그렇고 우물을 들여다보며 그 사나이가 미워진다든가 가엾어진다는 것이 그렇다. 〈자화상〉은 자기 실존의 시대적 자각이라는 말로 설명될 수 있는데 소 시인의 경우도 그런 설명의 동일선에서 전폭적 수용의 태도를 보인다. 패러디는 애초에 원전의 풍자적 모방이거나 희극적 개작으로 정의되지만 소 시인의 경우에는 아예 풍자나 희극적 태도와는 무관하게 원전에 대한 자성적 수용의 태도를 견지하는 것이 주류를 이룬다. 필자가 시집에 실려 있는 전반적인 소강석 시인의 시편들을 두고 '평전시'라는 말로 정리하는 것은 이런 수용의 태도와 무관하지 않다.

소 시인의 시에 광범위하게 편재해 있는 윤동주의 '하늘', '바람', '별'이 패러디의 인자로 작용하고 있다는 것은 시인의 비평적 잣대가 동주식 순결주의에 이어지고 있음을 말해주는 것이라 하겠다. 가령 "아, 별의 시인이여 / 어딘가에서 또 태어나고 있을 / 별을 스치는 시심이여, / 풀잎을 흔들며 우는 바람의 영혼이여."(〈별의 시인이 태어나다〉) 같은 구절은 동주와 동주 이후의 시인들이 하나의 산맥을 이루며 민족의 역사를 지탱해간다는 약속이 깃들어 있어 보인다는 것이다.

이렇게 볼 때 소 시인은 시집의 1부에서 윤동주가 갖는 역할과 의미를 대략은 짚어내고 있지 않은가 한다. 〈명동촌의 봄〉에서 〈명동촌의 겨울〉에 이르는 시편에서 윤동주가 후쿠오카 감옥에서 말하는 형식을 취함으로써 동주의 전인적인 사색과 고난의 제단이라는 민족에의 사명이 이미 드러나 있기 때문이다.

3.

시집의 제2부는 '다시, 별 헤는 밤'으로 주로 윤동주의 연희전문 시기가 시의 대상이 되고 있다. 윤동주의 연희전문학교 시절은 윤동주에게는 각별한 시기이다. 이때 윤동주는 연희전문 재학생으로서 한껏 자부심을 가졌던 것으로 보인다. 연희전문이 기독교 재단에서 세워졌고, 민족주의를 지켜주는 울타리가 되어주고 교수님들의 민족애가 각별한 것이라는 점을 인식했기 때문일 것이다. 그래서 윤동주의 중요한 작품들이 거의 이 시기에 쓰였다는 점에서도 그 의미가 주어진다. 그러나 윤동주는 이 전문학교를 진학하기 위해서는 의과를 원하는 아버지의 벽을 넘지 않으면 안 되었다. 소강석 시인은 〈연희전문학교에서 1〉에서 그 사정을 시화했다.

아버지,
당신은 불초한 아들이 의사가 되어
이 험난한 세상의 파고를 안전하게 항해하기를 바라
셨지요

시대정신과 이념, 사상과 예술의 불꽃을 멀리하고

아내와 자식들을 흐뭇하게 지켜주는

한 사내가 되기를 원하셨지요

그러나 이 못난 아들은

여전히 용정에서 따라온 부끄러움의 그림자를 벗어날
수 없어

폐허가 된 문학의 헛간에 남루한 삶의 봇짐을 풀어놓고

아버지의 애절한 눈빛을 끝내 외면하였네요

아무리 그 어둔 그림자를 향하여 꾸짖고 따라오지 말
라고 조소해도

자그만 가슴 지울 수 없는 부끄러움 때문에

연희전문의 빈 교실, 창밖으로 우수수 떨어지는 나뭇
잎들을 보며

저는 하늘과 바람과 별과 시의 이야기를 듣고 있었어요

－〈연희전문학교에서 1〉 전반부

인용시는 연전 문과 진학을 반대하던 아버지에 맞서 문과 진학을 끝내 고집했던 과정을 보여준다. 아버지는 자식이 의과에 가서 가정의 풍요를 지켜내기를 바랐고 아들은 시대와 시정신을 외면할 수 없었음을, 그래서 그 의지를 관철하고자 했다. 시에서 보면 동주가 자신의 의지를 곧추세웠던 것은 '용정에서 따라온 부끄러움의 그림자'를 지울 수 없었기 때문이라 밝힌다. 그 부끄러움의 그림자가 무엇일까? 중학 마지막 학년에 동주가 용정으로 돌아와 친일학교인 광명학교를 다닐 수밖에 없었던 그 궁색한 시절이 일차적인 부끄러움일 것 같다. 그럴수록 민족의 말글문화를 진흥시키는 쪽에서의 시 창작이 말글 말살정책에 대한 시급한 도전의 의미가 됨을 자각하는 것이기에 당시에 처한 용정 일대의 암울한 분위기가 총체적으로 부끄러운 것이라고 생각했던 것이 아니었을까.

그래서 동주가 "폐허가 된 문학의 헛간에 남루한 삶의 봇짐을" 풀어놓을 수밖에 없었던 것이라 표현한 것일 터이다. 소 시인의 시적 진술은 "아무리 그 어둔 그림자를 향하여 꾸짖고 따라오지 말라고 조소해도" 부끄러움은 지울 수 없는 것이 되어 따라온다는 이야기다. 진술이면서 형상화다. 진술이 때로는 형상이 된다는 것이 시인의 능력에서 온다. 윤동주의 시편들《별 헤는 밤》같은 데서 그런 양가성(兩價性)은 자별나게 이룩됨을 본다.

윤동주(화자)는 후반에서 "의학서적을 넘기는 아들이 되지 못하고 / 여전히 문학의 화롯가에서 추운 몸 녹이는 / 어설픈 시인이 된 아들을 용서해주세요"라 말하고 "언젠가 이 고독하고 쓸쓸한 한 줄의 시가 / 상처 입은 누군가의 가슴에서 읽히고 또 읽힌다면 / 저는 청춘의 하얀 백지 위에 쓰고 또 쓰겠어요"라 다짐한다. 이 다짐은 동주의 것이지만 이는 화자인 소 시인의 것이기도 하다. 때문에 시〈연희전문학교에서 1〉은 동주를 화자로 내세운 소 시인의 생각의 표현이다. 시를 통해 소 시인은 동주가 시로써 다하지 못한 말을 확충하여 독자에게 전언한다.

소 시인의〈연희전문학교 2〉는 윤동주가 연전에서 만났던 세 사람 이야기다.

별은 혼자 빛날 수 없으므로

또 다른 별이 빛을 비추어준다고 하지요

나를 비추어주었던 별, 정병욱

모든 사람들 만류하였지만

끝끝내 나의 시를 마루 밑 항아리에 숨겨서

툇마루 너머 별로 떠오르게 하였지요

나의 또 다른 영혼, 강처중

경향신문 기자로서 자신의 목을 걸고

《하늘과 바람과 별과 시》라는 시집을 출판하여

윤동주라는 이름을 세상에 알려주었지요

그리고 못다 이룬 그리운 사랑… 순이(順伊)

이화여전 문과 졸업반이었던 그녀

아카시아 향기 나는 머릿결을 따라

나의 영혼도 흔들렸어요

- 〈연희전문학교에서 2〉 전반부

인용시는 연전에서 만난 주요한 인물 세 사람을 동주

가 화자가 되어 말하고 있는 내용이다. 먼저 말한 정병욱 (1922~1982)은 윤동주의 연전 시절 두 해 후배로 서로 친구같이 지낸 사이다. 정병욱은 경남 남해 출생으로 하동에서 초등학교를 나와 동래고보를 다녔다. 연전에서 윤동주를 만난 것이 특별한 인연이 되었고 후에 부산대, 서울대의 고전문학 전공교수로 일했다. 그는 윤동주의 육필 원고 〈하늘과 바람과 별과 시〉를 어머니께 잘 간수해줄 것을 부탁하고 일제 징병에 끌려갔다가 돌아와 당시의 부모가 거주한 가옥(전남 광양 진월 망덕리)에서 그 원고를 찾아내고 그것이 1948년 첫 시집 발간으로 이어질 수 있었다.

정병욱 교수가 윤동주와 특별한 인연이라 한 것은 이를 두고 한 말이다. 소 시인이 "별은 혼자 빛날 수 없으므로 / 또 다른 별이 빛을 비추어준다"고 하여 두 사람을 서로 비추어주는 별이라 한 것이다. 사멸과 폐기의 시대 속에서 부서진 별의 잔해는 두 사람의 시적 자아를 투과하며 빙하 속의 꽃처럼 결빙된다. 또 다른 사람은 친구 강처중 (1916~6·25 이후 불명)이다. 연희전문 동기생으로 송몽규와 더불어 기숙사에서 같은 방을 썼던 사람이다. 이 한 사람 별이 경향신문 기자로 시집 《하늘과 바람과 별과 시》를 출간하는 일을 맡아준 인물이었다.

소 시인은 이 두 사람은 시집 출간과 관련된 인물이라 별이라는 말로 떠올리고 있는데 다른 한 사람은 이와는 무관한 사람으로 이화여전 문과 졸업반 이순이인데 윤동주의 말 한 번 건네지 못하고 사모하는 사람이 된 이성이다. 소 시인은 "못다 이룬 그리운 사랑"이고 "아카시아 향기 나는 머릿결을 따라 / 나의 영혼도 흔들렸어요"라고 표현했다. 윤동주가 한 번도 구체적으로 말한 적이 없는 대상을 윤동주가 되어 그 말을 이끌어내고 있다. 시의 후반 3개의 연은 모두 이 '순이'에게로 가는 못다 한 그리움의 물결로 흐르게 한다. "청춘의 순정과 고백의 꽃다발"이라든가 "아무 말 없이 촉촉이 젖던 그대 눈동자"라든가 "애틋한 사랑과 그리움의 여울" 같은, 동주로서는 입 밖에 낼 수 없는 구절이요 고백이다.

소 시인은 이 시로써 윤동주의 청춘을 청춘이게 만들어준다. 윤동주의 연희전문의 숲과 달빛과 귀뚜라미를 자연 자체의 소리로 흐르게 한다. 이 시 한 편으로 소강석 시인은 윤동주에게서 빚진 정서를 상당 부분 갖고 있는 것은 아닐까.

제2부에서 소 시인은 연전 시절의 작품으로 〈별 헤는 밤〉을 주목한다. 그리고 그 작품을 패러디한 〈다시, 별 헤는 밤〉을 쓰고 있다.

동주여,

님이 사랑과 추억과 그리움과 동경으로 헤아리던

별 헤는 밤은 이젠 없습니다

다 헤아릴 수 있다 해도

또 우리의 청춘이 다하지도 않았지만

저 먼 밤하늘에 남겨두었던

그 수많은 별들의 이름도 이젠 부를 수 없습니다

도시의 밤거리를 비추는 휘황찬란한 네온사인

도로 위의 가로등

더 이상 이 도시에는 별 헤는 밤이 오지 않을 듯합니다

산언덕 어딘가에 썼다가 흙으로 다시 덮어 지우고 싶은

그리운 이름들도 사라졌습니다

그러나 동주여,
님의 별 헤는 밤의 시가
이 도시 어딘가
잠 못 드는 이의 낮은 숨결로 낭송되고
외롭고 쓸쓸한 자의 가슴에서
밤새 헤아리고 싶은 밤하늘 별로 빛나고 있다면

— 〈다시, 별 헤는 밤〉에서

잘 아는 대로 〈별 헤는 밤〉은 별이 주는 순정한 그리움의 세계를 노래한 작품이다. 그렇지만 지금의 자아는 부끄럽다는 것이고, 봄이 오는 그날이면 내 무덤에 풀이 무성히 덮여질 것임을 예단한다. 이 시는 내면적 성찰임에도 불구하고 희생과 부활이라는 시대와 그리스도교적 문법이 깔리어 있다. 소 시인은 인용시에서 오늘의 도시에는 동주의 별 헤는 밤이 사라졌지만 동주의 별 헤는 시편들이 낮은 숨결로 읽히고 외롭고 쓸쓸한 사람의 가슴을 어루만져준다면 그의 별은 지워지지 않는 부활의 별로 떠 흐를 것임을 말하고 있다.

인용시는 미래를 이미지로 부드러이 드러내고 있고 별을 호명하는 것이 서정적인 시인의 자기 확인이므로 '동주여' 하고 이름을 부른다. 소 시인은 패러디를 통해서도 화자 자신의 현실적 상황과의 대비를 통해서도 동주에 대한 애정과 하나라는 동질적 고삐를 놓지 않는다. 인용시는 부제로 '윤동주 탄생 100주년을 기념하고 추모하며'라는 취지를 붙이고 있다. 별은 하늘에서 영원히 떠서 반짝거린다. 그만큼 자연으로서의 별은 운동성이 강하다. 과거의 별이 과거로 가지 않고 현재로 와 뜬다. 아울러 현재의 별은 현재에 머물지 않고 미래를 향해 떠간다. 별은 운동성이 강하고 따라서 영원성이 내재한다. 윤동주와 소강석 시인의 별은 그래서 다른 별이지만 종국에는 하나로 만나 한 줄기로 흐르는 같은 별이다.

그래서 그런가. 소강석 시인은 윤동주에게 "파란 녹이 낀 구리거울"을 달라고 한다. 윤동주가 욕된 왕조의 유물로 시대의 욕됨을 닦아내고자 한 것처럼 소 시인도 녹슨

일상을 거울에 비추어 닦아내고자 하는 것이다.

> 나에게 당신의 파란 녹이 낀 구리거울을 주세요
> 밤마다 손바닥으로 닦으며
> 눈물로 참회록을 썼다는
> 당신의 희미한 구리거울을 주세요
>
> 날마다 수많은 유리거울 앞에 서면서도
> 한 점 부끄러움도 없이 살아가는
> 그 숱한 말의 유희와 성찬을 즐기면서도
> 단 한 줄의 참회록도 쓰지 못하는
> 욕된 어느 왕조의 버려진 거울처럼
>
> ─〈동주의 거울〉 전반부

인용시는 윤동주의 〈참회록〉을 패러디한 작품이다. 〈참회록〉은 윤동주가 연전을 졸업하고 일본 유학을 떠나기 전 창씨개명을 한 이름으로 도항증을 발부받아야만 일본 땅으로 들어갈 수 있다는 것을 알고 절망하며 민족의 미래를 담보로 창씨개명을 한 뒤 그 심정을 시화한 작품이다. 패러디한 부분은 1연과 4연이다. "파란 녹이 낀 구리거울 속에 / 내 얼굴이 남아 있는 것은 / 어느 왕조의 유물이기에 / 이다지도 욕될까"(1연)와 "밤이면 밤마다 나의 거울을 / 손바닥으로 발바닥으로 닦아보자"(4연)이다. 소 시인 시의 화자는 이를 바탕으로 그 파란 녹이 낀 구리거울을 동주에게 건네 달라고 말한다. 한 줄의 참회록을 쓰지 못한 스스로를 뉘우치며 그 거울을 손바닥으로 닦아내면서 "숱한 말의 유희와 성찬"을 지워보겠다는 것이다.

윤동주의 참회는 사실 그리스도교 신자들이 하는 일상적 뉘우침에 이어져 있는 것일 터이다. 그것이 시대적 배경을 뒤에 놓게 됨으로써 그 간절함은 증폭되어 나타나게 된다. 그런 의미에서 소 시인이 동주의 참회를 동질적 깊이로 수용하면서 한 걸음 더 나아가는 윤리적인 내면을 포괄하게 되는 것이 패러디가 갖는 기능의 효과라 하겠다.

참회록을 쓴 윤동주는 책상과 책들과 자질구레한 소지품들을 친구 강처중에게 맡기고 일본으로 떠나는, 떠나가는 순례자가 된다. 그 심정을 소 시인은 〈후쿠오카로 가는 배 위에서 1〉을 통해 헤아린다.

    지금 나는 하늘과 바람과 별과 시를 가지고 후쿠오카
로 간다
    사랑하는 님은
    왜 가느냐고 만류했지만
    또 다른 님이 가라고 해서
    더 큰 하늘, 더 큰 바람
    더 큰 별을 품기 위하여
    텅 빈 가슴,
    용정의 옥수수밭 위로 쏟아지던
    노란 달빛으로 물들이며
    어머니의 순결한 옷깃이 찢긴
    폐허의 제단
    화제(火祭)의 서러운 짐승이 되기 위해서 간다
                      − 〈후쿠오카로 가는 배 위에서 1〉에서

인용시는 윤동주가 왜 일본으로 가는가, 가서 무엇이 되는가에 대한 해명을 담고 있다. 화자는 동주다. 창씨개명을 하면서까지 더 큰 하늘, 더 큰 바람, 더 큰 별을 품기 위해 어머니의 순결한 옷깃이 찢긴 폐허의 제단에 올려지는 제물로 간다는 것이다. 어머니는 조국이요 민족이다. 민족의 제단에 희생제물이 되어 십자가에 걸리겠다는, 그래서 민족의 광영에 밑거름으로 일신이 불태워지겠다는 각오로 간다는 것이다. 윤동주는 그래서 민족의 아들이다. 죽어서 사는 재생의 조국에 바쳐지는 서러운 아들인 것이다. 이 시는 소 시인의 시점이 초방위적이고 전시간대라는 점에서 주목할 필요가 있다. 일본으로 가는 유학의 길인데도 도쿄와 교토와 후쿠오카로 이어지는 순국 순례의 길로 조명해내고 있기 때문이다.

　윤동주는 자랑스러운 연희전문의 졸업식이 앞당겨지는 어수선한 시절, 그 앞에 놓여지는 예언자적 행로를 피해 가지 않았다. 그 외로움과 당차고 아픈 운명을 운명으로 고스란히 받아들이고 있었다. 이 받아들임이 그대로 소 시인의 아픔으로 연결되어 "성벽에 기대어 통곡하던 예레미야"의 절절함과 더불어 현해탄을 건너가고 있는 것이다.

4.

시집의 제3부 '시를 제물로 드리다'는 일본 유학시절과 피검, 순국에 이르는 과정이 시의 대상이다. 도쿄의 릿교 대학 한 학기는 윤동주의 일본 유학 중 5편의 시를 써내는 잊지 못할 시기이다. 〈흰 그림자〉, 〈사랑스런 추억〉, 〈쉽게 씌어진 시〉 등이 이 시기에 나온 작품이다. 윤동주는 1942 년 가을학기부터 교토의 도시샤(同志社)대학으로 편입하여 다녔다. 소 시인은 이 무렵을 대상으로 〈도시샤대학에서〉라는 시를 쓴다.

여전히 낯선 땅
무궁화를 짓밟아 버린 적토(敵土)에 온 것이
아직도 수치스럽지만
도시샤의 서러운 달빛 아래서
시의 신세계에 눈떴습니다

사방이 나를 노려보고
가시 돋친 눈으로 쏘아보지만

그중에 낯선 사랑으로 다가온 적국의 여인

그 애절한 손짓 뿌리칠 수도, 다가갈 수도 없어

허공에 휘젓던 사랑을 어찌 아실까요

떠나버린 별의 사랑은 어찌 할 수 없다 하여도

여전히 무대 뒤에서 나를 기다리고 있는 순이

-〈도시샤대학에서〉 전반부

　인용시는 도시샤의 서러운 달빛 아래서 시의 신세계에 눈뜨고, 적국의 여인이 나타난 사정을 말하는 시다. 이때의 여인을 '적국의 여인'이라 하고 있는데 우지강 다리에서 사진을 같이 찍었던 두 사람 가운데 한 사람인지 모르겠다. 그 여인이 누구이거나 간에 "애절한 손짓 뿌리칠 수도, 다가갈 수도 없어 / 허공에 휘젓던 사랑"임이 분명하니 어이하랴. 소 시인은 윤동주의 내면을 들여다보기라도 하는 듯이 "내 청춘의 별들 사이에서 / 두 여인이 충돌하고 있는 것을 누가 아실까요"라고 화자(동주)의 심경을 이끌어낸다. 소강석 시인은 인용시에서 시의 세계와 동렬에다 가슴에 담겨 있는 사랑의 감정을 놓고 있다. 유학시절의 이 내면적 풍경을 실존적 자각 같은 것으로 바라보는 소강석 시인. 거기에 윤동주의 보통의 인간, 인간의 고뇌가 자리 잡고 있는 것이 오히려 시인의 소중한 자산이라 여긴 것일까.

이 시기를 대상으로 한 시편 중 〈후쿠오카 감옥에서〉가 세 편이나 들어 있다.

조국도
고향도
아버지도 어머니도
너무 멀리 떨어져 있는
이방의 낯선 감옥에서
시는 내게 무엇인가
민족제단에 드려진 제사장의 제물
위로와 치유의 메시지

시는 너에게 무엇인가
스스로 예언자 되어
시대에 외치는 선견의 소리

그 제물과 치유, 예언의 메시지는

정녕 바람이 되고 별이 되고 꽃이 되리니

나는 이곳에서도 시를 쓴다

별을 세어보다가도

달을 쏘고 부서진 달빛에 쾌감을 느끼다가

아직 상처가 아물지 않은 손으로 펜을 든다

병든 제사장, 벙어리 예언자지만

심장 깊은 곳에서는 민족에의 연가를 부르고

영혼의 눈물을 적시며 시를 써내려간다

아 여전히 그리운 어머니여

더 애처로운 또 하나의 어머니여.

− 〈후쿠오카 감옥에서 1〉 전문

　소강석 시인은 이 시에서 윤동주를 시를 쓰는 제사장으로, 시대를 외치는 예언자로 규정한다. 고래로 시인은 신과 인간의 사이에서 교통의 역을 맡는 제사장이었다. 신의 소리를 전하기도 하고 신에게 인간의 소리를 가감 없이 아뢰

기도 하는 존재였다. 윤동주에 와서 시인은 왜 제사장이어야 하는가. 시대가 신의 정의를 거스르는 것이기에 그러하고 시인이 예언의 목소리를 내어야 하는 상황이기에 그러하다. 나라가 남의 손에 넘어가 창씨를 해야 하고 하늘이 준 나랏말을 앗아가고 하늘 아래 진리가 거꾸로 서는 환난의 시기를 지나가는 것이기에 그러하다. 소 시인은 화자 동주의 입을 빌려 "시는 내게 무엇인가"라 묻고 "시는 너에게 무엇인가"라 묻는다. 시는 제사장의 제물이 되고, 시는 예언자가 외치는 선견의 소리라고 자답한다. 그래서 윤동주는 감옥에서도 시를 쓴다는 것이다. 그래서 윤동주는 감옥에서도 민족에의 연가를 부른다는 것이다.

이쯤에서 소 시인은 윤동주를, 윤동주의 시를 다 사랑한 것 같다. 더 이상 무슨 형용으로 그의 착하고 기특한 민족의 아들을 위한 헌사를 보낼 것인가. 그러나 소 시인은 〈윤동주와 송몽규〉에서 "내 안엔 꽃을 든 윤동주가 있어 (……) / 아니, 내 안엔 총을 든 송몽규도 있어 (……) / 그러면 나는 누구인가 (……) / 꽃과 총, 물과 불, 별과 돌, 산들바람과 폭풍 / 이 모든 것이 나인가"라 외친다. 우리 민족에겐 이렇게 외치는 일이 아직 남아 있기 때문이 아닐까 싶다.

　윤동주는 끝내 후쿠오카 감옥에서 제국주의가 내미는 실험용 주사를 맞고 절명했다. 아니 순국했다. 1945년 2월 16일, 동주가 27세 2개월 살았던 시점이었다. 소강석 시인은 이 죽음을 '별의 개선'이라 하고 시를 써서 제사장의 못다 한 말을 완성하고 있다.

　　아버지의 따뜻한 품에 안겨

　　귀향을 합니다

　　나를 보고 슬퍼하지 마세요

　　한 줌의 재가 되었지만

　　또 다른 별이 되어 개선을 하잖아요

　　요절한 내 백골의 일부를 현해탄에 뿌렸다오

　　지금 건너는 이 두만강 다리처럼 나의 백골이 현해탄에

　　화해의 다리로 이어지도록 반 줌의 중보가 되려 합니다

　　나를 양지바른 교회의 동산에 묻어주세요

　　조롱의 새가 자유를 기다리듯

거기서 부활을 꿈꾸겠습니다

시들어야 할 운명의 꽃, 숙명의 별로 살아왔지만

자유의 꽃으로 부활하고

선구자의 별로 떠올라

용정의 하늘에 반짝이고

조선의 하늘을 비추어

더 많은 별들의 시인이 나오게 하겠습니다.

- 〈별의 개선〉 전문

인용시는 죽음으로 다시 사는 모습을 보여준다. 개선이고 부활이다. 윤동주는 "나를 보고 슬퍼하지 마세요"라고 말한다. 나의 몸은 재가 되어 현해탄의 다리가 되리라는 것, 그렇게 되도록 모두를 위해 기도하겠다는 것이다. 나를 해쳐 목숨을 앗아간 자들에게도 그 제국의 몽매한 자들을 위해서도 기도를 바치겠다는 참으로 포부가 아름다운 시인, 그래서 그는 제사장이요 예언자의 길에서 비켜나지 않으리라는 의지를 보인 것이다. 소 시인은 그 속에 들어가 스스로 동주가 되어 말하는 것이다. 그리고 증언자로서의 메시지, 곧 자유의 꽃으로 부활하는 동주, 선구자의 별로 떠오르는 동주를 확인해주고 있다.

그 자리에서 소 시인은 윤동주 무덤으로 간다. 그의 시에 귀를 기울여보자. 통절한 자성의 시를 토해내고 있다.

　　　님의 무덤을 찾아오지 않고서야

　　　어찌 시인이라 할 수 있으랴

　　　그대처럼 아파하지 않고서야

　　　어찌 시를 쓴다 할 수 있으리오

　　　부끄러움 하나 느끼지 않고 시를 썼던

　　　가짜 시인을 꾸짖어주십시오

　　　눈물 없이 쓴 껍데기 시를

　　　심판해주십시오

　　　참회록 없는 이 시대의 시인들을

　　　파면해주십시오

　　　당신 무덤에 피어오른 동주화를

　　　내 마음의 무덤에 심도록 허락해주십시오.

　　　　　　　　　　　　　　　　－〈윤동주 무덤 앞에서 3〉 전문

오늘의 현대시를 살아가는 시인들에게 두루 읽어주고 싶은 시다. 소 시인은 이 시 한 편을 던지기 위해 윤동주를 읽고 순례하고《다시, 별 헤는 밤》시집을 낸 것일까. 반성 없이 아무렇게나 되는 대로 시를 써온 시인들을 위해, 민족이 어디에 있고 무엇으로 살아가는지 혹은 죽어가는지 알 수 없는 곳, 미망의 변두리 어디쯤에 시대가 있거나 없거나 무관하게 시를 써온 시인들을 위해 던지는 옐로카드다. 동주의 무덤은 그냥 용정에 있지만 용정에 있지 않고 동주의 생명은 생물학적으로 수명을 다한 것이지만 타고 남은 재가 다시 기름이 되듯이 민족이 사는 자리 횃불로 타오른다. 한용운 식으로 말하면 "님은 갔지만 우리는 님을 보내지 아니하였습니다"라고 동의를 구하는 듯한 소강석 시인. 평전시는 연대기적으로 쓰였지만 앞이 있고 뒤가 있는 것이 아니라 화자에 있어 소강석과 윤동주가 넘나들며 하나가 되고 섞이기도 하는, 소도구인 단편적 사물들이 무시로 왔다가 돌아가고, 돌아갔다가는 돌아오는 시적 자장의 운동성이 현란하다.

5.

제4부 '꽃잎과 바람의 연서'는 시집《다시, 별 헤는 밤》
의 연대기와 무관하고 시상 또한 시집의 전반적 지향에서
비교적 자유롭다. 그럼에도 여기 실린 시 중 〈밤비〉, 〈용정
의 바람〉, 〈동심천국〉, 〈용정의 해바라기〉, 〈바다낚시〉 등
은 윤동주와 연결고리를 가지는 시편들이다. 이를 제외하
고는 윤동주와 약간의 간접적인 정서와 묶이기는 하나 주
제상 자유롭다. 이 부류 속에 소강석 시인의 보편적 정서
와 '사무사(思無邪)'에 닿는, 어쩌면 기교를 넘어서는 진실
이 실현되고 있어 주목된다. 〈갈대꽃〉, 〈꽃씨〉, 〈꽃잎과 바
람〉, 〈물망초〉, 〈내 마음 바람 되어〉는 금방이라도 노래나
낭송의 여울을 타고 인구에 회자되는 애송시의 언덕에 오
를 것 같다.

그중에 〈꽃잎과 바람〉이 각별히 읽히는 시다.

꽃잎은

바람에 흔들려도

바람을 사랑합니다

꽃잎은

찢기고 허리가 구부러져도

바람을 사랑합니다

누구도 손 내밀지 않고

아무도 다가오지 않은 적막의 시간

바람은

꽃잎을 찾아왔습니다

별들의 이야기를 속삭이고

나뭇잎 노래를 들려주고

애틋이 어루만져주었습니다

밤이 깊어도

아침이 밝아도

꽃잎이 모두 져버려도

꽃잎은

바람을 사랑합니다

그래서 바람이 불면 꽃잎이 떨어집니다.

- 〈꽃잎과 바람〉 전문

인용시는 꽃과 바람이 서로 사랑하는 모습을 보여준다. 어떤 경우에도 어떤 처지에서도 변함없이 서로 사랑하는 사이, 그 관계를 보여주는 시다.

꽃잎은 바람 때문에 "찢기고 허리가 구부러져도" 바람을 사랑하고 바람은 "누구도 손 내밀지 않고 / 아무도 다가오지 않은 적막의 시간"에 꽃잎을 찾아와 이야기를 들려주고 어루만져준다. 조건이 달라져도 상황이 바뀌어도 서로가 서로를 관계 속에서 존중하고 아껴주는 것이다.

끈끈한 관계의 구조가 사랑이다. 일곱 번을 일흔 번이라도 용서하라는 바다 같은 넓이, 네 이웃을 네 몸같이 하라는 사랑의 높이 그것이 그 구조 안에 있다. 소 시인의 소재적 전략이 웃음을 띠고 드러난다. 왜 하필 꽃과 바람인가. 꽃은 변함없는 미학 위에 있으나 바람은 그 자체의 속성처럼 흔들리는 것이다. 미풍이기도 하고 태풍이기도 하고 광풍이기도 하다. 어느 것에 장단을 맞추어야 하는가. 그렇다. 어느 것에도 장단을 맞추어야 한다는 것이 바람의 진폭이다. 꽃은 그 진폭을 받아들일 때 비로소 온전한 꽃이 된다. 온전함과 진폭의 겯고, 트는 긴장이 소 시인의 시적 전략이다.

소 시인은 관념을 넘고 보편적 정서의 노둣돌을 딛고 관계와 사랑의 내밀한 시적 성취를 보여준다. 〈갈대꽃〉에서도 〈불면〉에서도 〈꽃씨〉에서도 그런 성취는 이루어진다. 그 바탕 위에 《다시, 별 헤는 밤》으로 한 시대를 상징하는 윤동주의 짧은 생애를 그려낸 것이다. 생애는 짧으나 그가 이룬 시의 빛은 별이라 하고. 별은 어둔 밤을 비추는 불멸하는 영원이라고. 이를 제 몫으로 드러내는 형식을 '평전시'에서 구한 것은 하나의 기념비가 될 만하다.

여기에 이르러 우리는 소강석 시인에게 별을 다 헤었느냐고 물을 수 있다. 그는 이렇게 대답할지 모르겠다. "윤동주가 그의 삶의 고비마다 주요한 시편을 남긴 것처럼 탄생 백 년에 하나의 화답을 하고, 또 하나의 백 년에 또 하나의 화답을 하고…… 시대가 홀로 어두울 때 창 하나 열듯이

화답을 해나가는 것, 언젠가는 별이 바람에 스치울 때 그 때도 화답을 해야 한다는 것, 잊지 말아야 합니다."

다시, 별 헤는 밤

1판 1쇄 발행 2017년 1월 12일
1판 2쇄 발행 2017년 2월 25일

지은이 소강석
펴낸이 김성구

책임편집 김민기
단행본부 박혜란 이은정 나성우 김동규
디자인 홍석훈 문인순
제　작 신태섭
책임마케팅 송영호
마케팅 최윤호 유지혜
관　리 김현영

펴낸곳 ㈜샘터사
등　록 2001년 10월 15일 제1-2923호
주　소 서울시 종로구 대학로 116 (03086)
전　화 02-763-8965(단행본부) 02-763-8966(영업마케팅부)
팩　스 02-3672-1873　**이메일** book@isamtoh.com　**홈페이지** www.isamtoh.com

ISBN 978-89-464-2050-2 03810

이 도서의 국립중앙도서관 출판시도서목록(CIP)은
e-CIP 홈페이지(http://www.nl.go.kr/cip.php)에서 이용하실 수 있습니다.(CIP제어번호: CIP2016032250)

값은 뒤표지에 있습니다.
잘못 만들어진 책은 구입처에서 교환해드립니다.